KB089166

촌놈 신부
유럽 여행기

황창연 지음

기원전

머리말

    첫 번째 책「농사꾼 신부 유럽에 가다」를 출판하고 마음 한 쪽이 늘 불편했다. 글쓰기 공부도 하지 않고 마음만 불타올라 쓴 책이었기에 문법도 어법도 맞지 않았다. 문단에 등단하고 글 선생님에게 "이것도 글이냐! 부끄럽지도 않냐?"는 지적을 받으며 나중에 기회가 되면 교정을 봐서 개정판을 내리라 결심했다.

    책을 낸 지 10년이 지났는데 유럽 여행을 같이 다녔던 문희종 신부가 주교로 서품받는다는 소식을 듣고 그동안 미루어 두었던 숙제를 해야겠다는 결심을 굳혔다.

    이 책을 2015년 9월 10일 수원교구 주교로 서품된 문희종 요한 세례자 주교님에게 바친다.

2015년 11월

황창연 베네딕도 신부

차 례

물안개가 피어오르는 평창강을 내려다보며
생태마을 본관 지붕 위의 예수님이 팔을 벌려
안아주시는 듯하다.

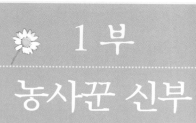

1부
농사꾼 신부

흙에서 사는 행복

나는 하늘과 땅을 먹고 사는 농부다.

토마토 꽃 꽁지에 몽글몽글 매달리는 파란 열매가 신기해서 새벽이면 밭으로 달려 나가 '오늘은 얼마나 달렸나' 확인하는 풋내기 농사꾼이다.

하루가 다르게 어른 주먹만 해지는 토마토 무게를 줄기가 지탱하지 못해 땅바닥으로 주저앉아 버리면 이내 썩어 버리기 때문에 여름이 익어 갈수록 굵어만 가는 토마토 줄기는 대나무 기둥에 묶어 주어야 한다.

토마토는 하루라도 늦게 따면 추운 겨울 씻지 않은 아이 손등 터지듯 쩍쩍 갈라져서 못 쓰게 된다. 햇살, 하늘 물, 자궁인 땅과 농부의 정성이 어우러져 키워낸 열매를 따내다 보면 하루해가 언제 서산으로 넘어가는지도 모른다. 밭 채소들은 어린아이 돌보는 마음으로 매일매일 보살펴 주어야 한다.

오이와 토마토를 경운기 한가득 싣고 간식거리로 식당에 갖다 주면, 어른은 물론 아이들도 농약 치지 않은 것이라며 주저함 없이 한입씩 베어 맛있게 먹는다. 토마토 가시와 오이 가시에 찔리고 뙤약볕에 땀범벅이 되어도 그 모습을 바라보면 힘든 것도 잊은 채 함박웃음을 짓는다.

농부들이 자기가 키운 농작물을 도시에서 온 손님 대접할 땐 슈퍼마켓에 진열된 상추, 쑥갓, 감자, 고구마가 아니다. 자신의 땀과 정성, 그리고 농사꾼으로서 자부심이 가득 담긴 작품이다.

농사지을 땐 허리가 끊어지고 더위에 쓰러질 것 같아 때려 치우고 싶지만 열매를 수확할 때는 흥분과 보람, 기쁨으로 가득 찬다. 농부들은 밭에 심어 놓은 농작물이 자식 같다고 하지만 내가 키워보니 자식 정도가 아니라 금쪽같은 자식이다. 6년 동안 키운 인삼을 도둑맞았네, 태양 아래 잘 말려 놓은 고추를 도둑맞았네 하며 자살하는 농부들이 이해가 간다. 흘러내리는 땀을 걷어내며 온갖 정성으로 키운 농작물을 도둑맞을 때 삶의 고단함과 희망까지도 송두리째 빼앗긴다. 하다못해 길 가다 남의 밭 고추도 따면 안 된다.

풍성한 열매를 맺어 주는 밭과 어우러지다 보면 여름이 휙 지나간다.

밭에서 막 딴 오이를 옷소매에 쓱쓱 문질러 반을 뚝 자르면 싱그러운 향이 더위에 지친 나를 감싼다. 오이를 한입 가득 베

평창 생태마을에 심어놓은 배추가 무럭무럭 자라고 있다.

어 물고 씹으면 달콤한 즙이 온몸으로 스며들어 타던 갈증은 이내 사라진다.

경운기에 가득 채울 만큼 따내고 나면 더 이상 수확할 것이 없는 황량한 밭같이 보이지만, 다음날 나가 보면 마치 5천 명을 먹이고도 남은 열두 광주리처럼 수백 개나 되는 오이와 토마토가 또다시 주렁주렁 매달려 있다. 밭은 참으로 신비롭다. 밭은 생명이 움터 나오는 자궁이다.

하느님께서 아담을 흙으로 빚으셨다는 말은 인간 생명이 흙으로부터 비롯되었다는 의미이다. 사람만 흙으로 창조하신 것이 아니라 다양한 생물들도 흙에서 모든 영양분을 얻는다. 나무, 약초, 유실수, 채소, 곡물은 모두 흙을 자궁삼아 성장한다.

생태마을의 고구마밭.

나무와 식물에 기대어 살아가는 수많은 곤충과 파충류는 물론
온갖 열매와 수많은 벌레를 먹고 사는 새들도 흙이 없었다면
생명을 유지하지 못했을 것이다.

어머니 자궁이 건강하지 못하면 태아가 살 수 없는 것처럼
흙이 건강하지 못하면 모든 생명도 죽는다.

흙이 죽어 간다

그런데 서글프게도 흙이 죽어 가고 있다. 돈에 눈이 먼 인간
이 독한 농약과 화학 비료로 생명을 빚어내는 흙을 죽인다. 농
약의 피해를 경고하기 위해 「침묵의 봄」이라는 책을 쓴 레이

강원도의 맑은 햇볕 아래 고추를 자연 건조하고 있다.
이렇게 잘 말린 고추를 빻아 겨울 김장도 하고 고추장도 만든다.

첼 카슨의 말대로, 흙이 죽으면 나무, 식물, 곤충, 새, 짐승은 물론이고 먹이사슬 꼭대기에 있는 사람도 죽게 되는 것이 자연의 이치다. 그런 사실도 모르고 사람들은 농약과 화학 비료로 땅심을 점점 약하게 만든다.

생명력을 잃은 땅에는 씨를 뿌려도 싹이 움트지 않아 꽃도 열매도 맺지 못한다. 벌, 나비와 새도 날아오지 않아 자연의 합창소리가 들려야 할 계절에도 침묵하는 황량한 들판이 되고 만다.

강원도는 이른 봄철만 되면 복토를 한다. 5년에 한 번씩 생명력이 살아 있는 산(山)의 흙을 퍼다 죽은 밭에 섞어 준다. 아기를 출산하고 나면 엄마들도 산후 조리를 잘해야 하듯이 흙도

늦가을이 되면 평창의 맑은 공기와 가을 바람 아래 무청을 말려서 시래기를 만든다.
시래기에는 비타민을 비롯해 식이섬유와 미네랄, 칼슘이 풍부하다.

건강을 유지할 수 있도록 소똥, 닭똥, 옥수숫대로 만든 유기질
비료를 써서 돌보아야 한다.

도시 흙은 더 불쌍하다. 아스팔트와 콘크리트로 흙을 덮어
숨구멍조차 막아 버렸다. 땅의 생명력을 짓밟아 버린 도시다.
사람은 흙 냄새를 맡아야 마음의 평화를 누릴 수 있다. 하루
종일 돌아다녀도 부드러운 흙 한번 제대로 밟지 못하는 도시
사람들도 가끔씩 아지랑이 하늘거리는 들판을 찾아가야 한다.

나는 흙 기운에 묻혀 산다. 내 손으로 지은 흙집에서 산다.
토담집은 콘크리트 집과 달리 숨 쉬기가 편안하다.

도시 본당에서 밤 강의를 한 적이 있다. 시간도 늦고 오랜만

평창 생태마을의 토담집.
황토 흙벽을 마주보고 앉아 있노라면 저절로 참선의 세계로 들어간다.

에 동창하고 쌓인 이야기도 풀어놓을 겸 그 본당 사제관에서
하룻밤을 묵기로 했다. 잠결에도 차들이 도로를 쿨렁거리며 내
달리는 소리가 들렸다. 콘크리트 고층 빌딩의 숨 막히는 공간
속에서 자는 둥 마는 둥 하룻밤을 보내고 평창으로 돌아왔더
니 그제야 숨구멍이 시원스럽게 뚫리는 느낌이었다.

황토 흙벽을 마주보고 앉아 있노라면 저절로 참선의 세계로
들어간다. 술을 먹고 잠을 자도 숙취가 훨씬 덜하다.

김삿갓이 평창에서 원동 골짜기를 통해 영월로 지나 다녔다
는데 그 방랑시인을 흙집에 맞아들여 술 한잔 나누어도 손색
이 없는 집이다.

청국장

가을에 해콩을 수확하면 바로 메주 띄우는 작업을 한다. 무쇠 솥단지를 걸어 놓고 참나무 장작으로 콩을 삶아 메주를 만든다. 콩을 삶을 때 콩물을 솥 밖으로 넘기면 고소한 맛이 없어지기 때문에 특별히 불 조절을 잘해야 한다.

메주란 놈과 청국장은 참 신기하다. 메주와 청국장은 반드시 아줌마들이 손으로 주물럭거려야 제 맛이 나고, 해콩으로 만들어야만 고소하다. 남자가 메주를 주물럭거리거나 해가 지난 묵은 콩으로 메주를 만들면 깊은 장맛 보기는 영 틀린 일이다.

다 삶은 콩은 메주 틀에 넣고 광목을 덮은 다음 발로 밟아 으깨어 모양을 만들면 벽돌 모양의 메주가 탄생한다. 농약 안 친 짚을 구해서 열십(十)자로 메주를 묶어 바람 잘 통하는 처마 밑에 한 달 동안 매달아 놓는다. 그러면 신기하게도 메주에 하얀 곰팡이가 살짝살짝 피어나기 시작한다.

이렇게 잘 말린 메주를 황토방에 짚을 깔고 그 위에 가지런히 놓은 후 열을 가두기 위해 이불을 덮는다. 이때 발효라는 기적이 일어난다. 얼마나 열이 많이 나면 황토방 온도가 40도까지 올라간다. 메주가 뜨는 가장 적당한 온도는 27도이기 때문에 창문을 열어 환기를 자주 해 가며 온도와 습도를 맞추어준다. 애 보는 일보다 더 까다롭다.

황토방에서 보름 정도 깊은 발효가 끝나면 평창의 청정한 햇빛, 공기에 내어놓고 말린다. 이쯤이면 섣달이 된다. 설을 지낸 후 정월 보름이 되면 생태마을 모든 식구는 초긴장 상태로 들어간다.

손맛을 품은 항아리

생태마을은 항아리 부자다. 유약 바르지 않은 숨 쉬는 항아리 300여 개를 갖고 있다. 이 항아리에 정성스럽게 떠온 약수를 채우고 난 뒤 간수를 충분히 뺀 비금도 천일염을 넣어 녹이고 달걀을 띄워 염도를 맞춘다.

날씨가 따뜻한 아래 지방은 염도가 강하고 영하 20도까지 내려가는 강원도는 염도가 약간 덜 강하다. 또 소금 양은 장을 담그는 시기와 온도에 따라 조절해야 한다. 우주의 기운과 사람의 정성이 하나가 되면 석 달 동안 정성을 들여 띄운 메주를 항아리에 넣는다.

300여 개의 항아리에 담아 놓은 된장, 간장, 고추장, 장아찌 등이 익어 간다.

　요즘은 공기 통하라고 항아리 뚜껑을 유리 제품으로 많이 사용하는데 생태마을은 그보다 더 좋은 광목으로 입구를 막은 후 그 위에 항아리 뚜껑을 덮는다. 이유는 숨 쉬는 광목을 통해 나쁜 기운을 걸러내고 낮 시간 동안 좋은 기운을 받아들이기 위해서다.

　따스한 햇볕, 공기, 꽃가루, 심지어 벌과 나비도 그 위를 날며 장맛에 영향을 미친다. 더 중요한 일은 광목을 덮어 주는 사람에 따라 장맛이 달라지기도 한다. 정성이 깃든 사람 손길은 맛난 발효에 영향을 미친다. 가끔 나는 장하고 맞지 않은 직원은 장독대에 얼씬도 못하게 한다. 장맛은 담그는 사람 손맛에 따라 다르다.

생태마을을 찾아온 손님들이 줄지어 늘어선 장독대에서 사진 찍고 구경하다가 급기야 된장 맛을 보려고 뚜껑을 열어젖히면 혹시라도 장맛이 바뀔까봐 머리가 쭈뼛쭈뼛 선다.

두 달 정도 메주에서 간장이 충분히 우러 나오면 그때부터 된장, 간장 가르기 작업을 한다. 간장 뺀 메주는 소금기를 충분히 머금어 더 이상 상하지 않고 깊은 발효 세계로 다시 한 번 들어간다.

한여름을 지나면 된장 맛이 나기 시작하지만 제대로 된 깊은 맛이 들려면 적어도 1년은 온전히 지나야 한다. 내 경험에는 최소 2년이 지난 된장이라야 제 맛이 난다.

간장은 된장보다 조금 더 일찍 꺼내 음식에 쓸 수 있다. 말린 메주로 고춧가루와 섞어 고추장을 만드는 작업도 이때 이루어진다. 그래서 생태마을의 1년은 끝도 없이 일이 기다리고 있다.

청국장 예찬

생태마을에서 가장 많은 인원과 시간을 투자하는 생산물은 청국장이다. 1년에 콩 1천5백 가마 정도를 띄워 청국장을 만든다. 천석꾼, 만석꾼 부자라고 하는데 그 기준으로 본다면 나도 부자다.

무쇠 솥단지를 걸어 놓고 장작불로 해콩을 삶아 메주를 만든다. 콩을 삶을 때 콩물을 솥 밖으로
넘기면 고소한 맛이 없어지기 때문에 특별히 불 조절을 잘해야 한다. 이렇게 만든 메주를
석 달 동안 띄운 후 항아리에 담아 장을 담그고 다시 두 달쯤 기다려 된장과 간장을 분리한다.

우리 농촌을 살리고 좋은 농산물을 먹이려고 생태마을에 들어왔는데 그 목적은 어느 정도 달성하고 있는 것 같아 가슴이 뿌듯하다. 1년에 청국장 콩을 1만 가마 띄워서 도시인들에게 공급하는 게 내 목표다.

이 청국장은 세계 5대 건강식품인 김치, 낫토, 렌틸, 올리브, 요거트보다 더 많은 영양가와 효능이 풍부한 음식이다. 세계 5대 건강식품 가운데 인도의 렌틸을 빼고는 다 발효식품이다. 청국장 역시 발효식품이다.

패스트푸드(fast food, 빠른 음식)보다 슬로푸드(slow food, 느린 음식)가 사람 몸에 좋다는 건 다 아는 사실이다. 한민족의 장이야말로 세계가 깜짝 놀랄 슬로푸드다.

나는 생태마을 청국장가루 예찬론자다. 위가 좋지 않은 나는 평생 화장실에서 고생을 했다. 결국 위암까지 걸렸지만 청국장을 먹고부터 화장실 문제가 깨끗이 해결됐다.

외국에 한두 달씩 강의를 나가게 되면 음식이 바뀌어 속이 불편하다. 집에 돌아오면 바로 청국장가루를 두 순갈 푹 퍼서 맹물에 타서 먹고 다음날 화장실에 가면 만사형통이다. 속이 얼마나 후련한지 모른다.

청국장가루를 드시고 효과 보신 분들은 내 두 손을 꼭 잡고 고맙다고 말해 준다. 기분이 흐뭇해진다.

인스턴트 음식만 먹는 대학생 아들이 변비 때문에 고생했는데 청국장 먹고 깔끔하게 해결됐다는 아주머니, 평생 장으로 고생했는데 어떤 약으로도 효과를 못 보다가 청국장가루 다섯 통 먹고 좋아졌다는 분, 피가 맑아졌다는 분처럼 수도 없는 감동 이야기를 들으며 역시 내가 평창에 들어오길 잘했다는 생각을 한다.

어디 청국장뿐이랴! 다른 모든 음식들도 철학, 과학, 역사, 지리, 자연, 풍토, 예술이 어우러져 탄생한 작품이라는 것을 농사를 통해 하나하나 배워 간다.

성 필립보 생태마을

　나는 얼짱이 아니고 '을장'이다. 얼굴은 씹다 뱉은 수제비같이 생겨 얼짱 근처에도 못 간다. 평창군 책임자는 군수이고 평창읍 책임자는 읍장이고 도돈리(생태마을이 속해 있는 마을) 책임자는 이장(里長)이니 생태마을 책임자는 을장이라고 부르면 되겠다고 후배 신부가 붙여준 직함이다.

　'성 필립보 생태마을'은 연간 방문객이 5만 명도 넘는 동네다. 호텔도, 피정 집도, 유기농장도, 성지도 아니다. 그저 자연이 그리운 사람들이 경치 좋은 곳에서 하루 이틀 쉬어가는 쉼터이다.

　노인대학, 성당 주일학교 학생, 구역장, 반장, 레지오 단원, 지구를 되살리고 싶은 사람들 모임인 되살림 회원과 가족들이 와서 콩 털고 배추 뽑고 감자 캐고 옥수수를 따며, 밤이 되면 지붕 꼭대기에 있는 천문대에 올라가 윤동주 시인처럼 별을

헤며 쉬어가는 곳이다. 학생들은 수학여행을 와서 환경 교육도 받고 즐거운 추억을 만들어 가기도 한다.

열린 공간으로 누구에게나 문이 활짝 열려 있다. 호주 시드니에서 강의할 때 중학생이 나를 보더니 "신부님, 저도 초등학교 때 생태마을에서 감자 캐고 옥수수 따고 강가에서 래프팅 했던 기억이 나고, 가끔 또다시 가보고 싶은 생각을 해요!"라고 말했을 때 '이 아이에게도 마음의 고향이 있구나.'라는 생각에 기분이 좋았다.

생태마을에서는 별별 작물을 다 키운다. 밭에는 감자, 옥수수, 수수, 율무, 당근, 고구마, 토마토, 오이, 상추, 쑥갓, 양배추, 양파, 고추, 무, 배추, 복분자 등이 자란다. 동물로는 닭, 오리, 거위, 토끼, 개를 키운다. 생산된 농산물은 생태마을 식탁에 올라 방문객들이 깜짝 놀랄 만큼 맛있는 반찬이 된다.

동창 신부들이 산속에서 심심하지 않느냐고 묻지마는 생태마을의 1년은 바쁘고 고단하다.

많은 이들이 생태마을에 대해 오해를 한다. 생태마을(生態마을. Eco village)이 강원도에 있다는 이유로 생태(生太)를 말리는 생태마을(生太마을)인 줄 알고 '생태(生太)'를 찾는 사람들이 많다. 생태를 어떤 식으로 판매하느냐, 황태는 없느냐는 웃지 못할 문의 전화가 걸려오기도 한다.

자연에 순응하는 삶

이곳 땅이 약 2만 평 정도 되니 결코 작은 땅은 아니다. 어설픈 농사꾼인 나에게는 한없이 넓기만 하다. 10년이 넘도록 나무 심고 꽃 심고 농작물을 심었는데 아직도 심을 것이 너무 많다. 못 심은 나무는 겨울부터 버르고 벌러서 봄이 오면 심는다. 만약 깜빡하거나 일에 쫓기다가 때를 놓치면 한 해를

산이 병풍처럼 감싸고 있고 앞으로는 평창강이 휘돌아 나가는 해발 325미터 위에 지어진 생태마을.

다시 기다려야 하기 때문에 정신을 바짝 차려야 한다. 농사는 때를 놓치면 망칠 수밖에 없다.

집 주위에 산초나무를 심으면 산초 잎의 톡 쏘는 향이 모기를 쫓아낸다고 해서 봄에 심으려고 했는데 다른 일에 쫓기다 그만 깜빡했다. 산초나무를 심지 못한 대가로 여름 내내 모기에게 시달려야 했다. 내년에는 산초나무를 구해다가 반드시 사제관과 피정센터 주위에 심으리라 결심한다.

생태마을에서 자연을 거슬러서 할 수 있는 일이란 아무것도 없다. 도시인들은 사시사철 딸기, 토마토, 포도, 수박을 먹지만 이곳에서는 제철에 난 것으로 족하다. 가을과 겨울은 감자와 고구마가 훌륭한 간식이 된다.

많은 사람들이 도심의 번잡스러움을 벗어나 산과 들, 그리고 강이 어우러진 곳에서 농사나 지으며 살고 싶다고 이야기한다. 현실은 냉혹하다. 자녀 대학 진학을 포기하고, 현대 문명이 주는 모든 편리함도 포기한 채 산속으로 들어간다는 것은 쉬운 일이 아니다. 귀농을 하고도 유유자적할 줄 모르는 도시 사람들이 우울증에 걸려서 다시 돌아가는 경우를 많이 본다.

사제인 나 역시 본당 신부 생활을 접고 이곳에 와서 농사지으며 살겠다는 결정이 결코 쉽지만은 않았다. 그러나 나는 꿈을 포기하지 않았다. 지치지도 않았다.

내게는 이 꿈을 절대 포기할 수 없는 이유가 있다.

영적 쉼터, 생태마을

생태마을은 일주일에 피정이 세 차례 있다. 화·수요일은 1박 2일 피정, 목요일은 하루 피정, 금·토·일요일은 2박 3일 피정이 있다.

1년 피정 계획표가 나오기 무섭게 3월이면 한 해 예약이 완료된다. 김장과 메주 담는 11월까지 하루 최대한 200명을 수용할 수 있는데 빈 방이 없다.

예전에는 수련원 하면 청소년 교육 공간이었는데 이제는 어른들의 참여율이 눈에 띄게 높아졌다. 오로지 자식만을 위해

희생하면서 살아가는
게 전부지, 늙어가는 자
신에게 투자하는 시간
과 돈은 사치라고 여기
던 시대는 사라졌다. 이
제는 나이 들어가는 자
신의 삶도 소중하다는
인식이 자리 잡아 가는
분위기다.

본관 옥상에서 바라본 생태마을 전경.

　생태마을에서 하루나 이틀 정도 묵으며 60평생 살아온 삶을
돌아보고 앞으로 남은 40년을 어떻게 살 것인가 계획하는 일
은 무척 중요하다. 이곳을 찾는 이들은 종교와 상관없이 온다.
기독교, 불교, 무신론자 가리지 않고 스스로 교육 신청을 해서
찾아온다.

　우리 집에 와서 기쁨과 행복을 얻어가는 사람들 모습을 보

성 필립보 생태마을에서 내려다보이는 평창강.

면 더 열심히 농사짓고 강의 준비해야겠다는 의지가 불끈불끈
솟는다.

한국천주교회는 곳곳에 성당은 잘 지어 놓는데, 정작 성당
다니는 교우들이 자연과 함께 숨 쉬며 머물 수 있는 공간이 없
다. 산 높고 물 맑고 공기 좋은 곳에서 건강도 챙기고 기도하
며 편안히 쉴 곳이 별로 없다. 명예퇴직을 당해 갈 길 잃고 방
황하는 교우들이 영적으로 재충전할 수 있는 공간이 드물다.
부부싸움 하고 정처 없이 집을 나와도 천주교회라는 이름으로
그들을 넉넉하게 받아 줄 만한 곳이 없다. 군대 갔다 온 아들

겨울에 눈이 내리면 그림처럼 아름다운 세상이 펼쳐진다.

이 집에서 빈둥거려도 신앙적으로 재무장시켜 줄 영적 훈련소
가 없다.

어느 교구 성당 숫자가 많은지 내기라도 하듯이 성당만 짓
는다. 불교는 말할 것 없고 개신교 역시 공기 좋고 물 맑은 곳
에 기도원을 지어 놓고 성도들이 기도하고 쉴 수 있도록 배려
해 주는데 우리 천주교회도 그런 세심한 배려가 아쉽다. 불교
는 산속 깊은 사찰에서 선방체험(Temple stay)이라는 것을 통
해 제2의 전성기를 맞이하고 있는데 천주교회는 도시에 콘크
리트 성당 짓기에만 바쁘다.

주 5일제 시대가 활짝 열렸다. 서비스 업종이 뜨는 섬김의 시대이다. 가톨릭교회가 건물 중심으로 사목 방향을 고집한다면 이 땅에서 더 성장하고 열매 맺을 수 없을 것이다. 교우들을 섬기는 사목 방향이 필요하다. 예수님도 섬김의 삶을 얼마나 자주 강조하셨던가?

예수님은 요한복음 2장 19절에서 "이 성전을 허물어라. 내가 사흘 안에 다시 세우겠다."고 하셨다. 이때 유대인들이 예수께 "이 성전을 짓는 데 46년이나 걸렸는데 그래 당신은 그것을 사흘이면 다시 세우겠단 말이오?" 하고 대들었다. 사흘 만에 짓겠다는 성전은 건물이 아니라 사람이라는 뜻이다. 사람이 성전인 것이다. 그런데 한국 가톨릭교회는 건물 짓느라고 진정한 성전인 교우들에게 소홀히 하고 있는 게 아닐까?

내 꿈은 삶에 지친 분들이 쉴 수 있는 이곳 생태마을 같은 쉼터를 40군데 더 만드는 것이다. 지금 평창 생태마을보다 열배 넓은 여주 땅에 제2생태마을을 꾸미고 있는데 2018년이면 더 많은 분들이 행복하게 쉴 수 있을 것이다.

10년의 꿈이 이루어지다

생태마을은 내가 신학생 때부터 꿈꾸어 오던 삶의 방식이다. 나는 행복하게 살고 싶은 사람들이 모여 자급자족이 가능한 공동체를 만들고 싶었다.

생태마을 본관에 장식된 스테인드글라스.

　사제가 되어서도 꿈을 실현하기 위해 3년 동안 땅을 보러 다녔다. 그러던 어느 날 강원도 평창 대건청소년재단 소속 땅을 발견했다. 대건청소년재단은 땅을 기증받고 3년이 지나도록 자금 사정이 여의치 않아 개발에 손을 대지 못하고 있었다.

　그렇게 땅! 땅! 땅! 하면서 찾아 돌아다니던 나에게 하느님께서 주신 기회였다. 돈키호테같이 물불 안 가리고 덤벼드는 나는 수원교구 청소년 문화원장인 최재필 신부님을 찾아가서 평창 땅을 개발하면 어떻겠느냐고 제안했다. 평창 땅이 아까울 만도 할 텐데 최 신부님은 "성령께서 황 신부를 나에게 보내 주셨다."며 땅을 선뜻 내주셨다. 세상 사람들의 계산으로는 도저히 이해가 되지 않는 일이 벌어졌다.

부모 자식 형제지간에도 재산 싸움을 한다지만, 신부들은 재산을 물려줄 자식이 있는 것도 아니고 아내가 있는 것도 아니니 재산 문제에 있어서는 자유롭다. 모두 교회 재산이니 어느 신부가 개발하든 중요하지 않지만, 10년의 꿈이 하루아침에 이루어진 나는 가슴이 쿵쾅쿵쾅 뛸 만큼 설레었다.

처음 땅은 8천3백 평이었다. 그런데 성에 차지 않아 수원교구 교구장님이신 최덕기 주교님께 말씀드렸더니 "앞으로 교회도 교우들을 위한 공간이 필요하다."면서 흔쾌히 도움을 주셨다. 교구청의 도움으로 7천3백 평을 더 매입하고, 농사짓지 않는 주위 밭을 임대해서 온갖 농작물을 생산하는 지금의 생태 마을 터가 되었다.

강원도에는 연로하신 할머니 할아버지들이 농사지을 힘이 없어서 놀리는 농토가 참 많다. 취직은 되지 않고 일은 하고 싶어 미칠 지경인 도시의 젊은이들이여! 강원도로 오시라! 할 일이 지천으로 널려 있으니……

명당 중의 명당을 차지하다

강원도 평창군 평창읍 도돈리 땅을 확보하고 나서 꼼꼼히 살펴보니 이 땅이 가히 명당 중의 명당이었다. 우리 땅을 중심으로 모든 산이 병풍처럼 둘러쳐져 있고 그 한가운데 우리 땅이 우뚝 솟아 있다.

그뿐인가. 앞으로는 평창강이 휘돌아 나아가 장관을 이루고 있으니 배산임수 자리다. 이중환 선생님 저서 택리지를 읽어보면, 여주 신륵사는 한강이 동남쪽에서 흘러 들어와 서쪽으로 흘러 나가는 형국으로 명당이라고 했다. 평창 땅도 또 다른 명당 동작동 국립묘지처럼 들어오는 물은 보여도 흘러 나가는 물은 보이지 않는 명당이다.

생태마을은 해발 325미터 위에 지어졌으니 270미터 남짓한 남산 꼭대기보다 훨씬 높다. 사람이 기분 좋은 느낌을 받는 높이가 해발 300미터에서 700미터 사이라고 한다. 뒷산에 올라서면 왠지 기분이 좋아지는 것도 그와 같은 이치이리라! 생태마을 마당에서 물안개가 피어오르는 강을 내려다보고 있으면 저절로 신선이 된다.

평창은 '해피(HAPPY) 700'이라는 표어로 관광객을 유치하고 있다. 해발 700미터가 아토피 환자, 고혈압 환자, 당뇨 환자, 간이 좋지 않은 사람들에게는 건강을 회복할 수 있는 최적의 장소라 한다. 스위스나 뉴질랜드같이 세계적으로 유명한 휴양지들은 대부분 700미터에 위치해 있다.

김창린 필립보 신부님

땅은 확보했으나 땅을 개발할 자금이 없었던 나에게 한 천사가 나타났다. 천사는 성 필립보 생태마을의 이름을 탄생시킨 주인공 김창린(필립보) 신부님이시다.

1997년 당시 김창린 신부님은 수원교구의 원로 사제로서 철산성당 본당 신부였다. 신학생 때 본당 신부님으로 10년을 같이 살았고 첫 보좌신부 때도 본당 신부로 모셨다. 무엇보다 결정적인 인연은 이 땅을 맨 먼저 구입하신 분이었기 때문에 찾아가 도움을 청했다.

"신부님, 평창 땅을 제가 맡아서 개발하게 되었으니 좀 도와주십시오!"

신부님께서는 잠깐 생각하시더니 기초 골격을 할 자금을 내어 주겠노라고 선뜻 약속하셨다. 신부님은 황해도 분이셨는데 북에서 남동생과 함께 월남하여 우애가 남달랐다. 동생분이 신부인 형님을 극진하게 대했다. 하드리아노라는 세례명을 가진 그 동생이 형님 은퇴하시면 집 짓고 사시라고 땅을 기증했는데 김창린 신부님은 그 땅을 선뜻 내어 놓으신 것이다.

신부님은 "사제가 늙어 은퇴한 후 좋은 별장 같은 집에 사는 게 뭐 보기 좋은 모습이겠느냐?"며 그 땅을 평창 개발하는 데 봉헌하겠다고 약속하셨다.

사제가 아름다울 때는 무소유의 덕을 보일 때다.

더 가지려고 발버둥칠 때 인간은 추해 보인다. 지금 가진 것도 흘러 넘치는 재벌들이 편법으로 탈세하고 교도소 가는 모습은 참 불쌍하다. 사람이 놓을 때 자유로운데 욕심을 버리기가 쉽지 않은가 보다.

어머니 자궁을 열고 세상에 나온 아이들은 주먹을 꼭 쥐고 나온다. 그러나 70년 80년 살고 세상을 떠날 때는 손을 펴고 떠난다. 아무리 가지려 해도 아무 것도 가질 수 없는 것이 인생임을 죽을 때에야 비로소 깨닫나 보다.

당시 70세가 넘으신 원로 신부님은 교우들을 위해 노년의 호강을 과감히 포기하셨다. 인간적으로 늙으면 재물에 의지하고픈 유혹도 있었을 텐데 젊은 신부에게 아낌없이 내놓으셨다.

생태마을 지을 자금을 다른 방법으로 모으려 했다면 지금까지도 다 모으지 못했을 것이다. 그런데도 건물의 뼈대 값만 해결되었지 나머지 산적한 문제들이 많았다. 공사를 마감하려면 20억 정도가 더 필요했다. 강사료 모으고, 미사예물 모으고, 이

리 뛰고 저리 뛰고 해
보았지만 턱없이 부
족하기만 했다.

그런 내 처지를 아
신 김창린 신부님은
평생 모아둔 장학금
마저 내어 놓으셨다.
아낌없이 주는 나무
처럼 모든 것을 다 내
어 주셨다. 그리고 동
창 신부들, 교구의 원
로 신부님들, 생태마

생태마을이 있기까지 많은 도움을 주신
고 김창린 필립보 신부님.
사진작가로도 활동하신 신부님은
늘 카메라를 들고 다니셨다.

을이 필요하다고 생각한 동료 사제들의 도움으로 2년 만에 35
억에 해당하는 공사를 마칠 수 있었다.

내일 일은 걱정하지 마라

우리는 너무 많은 걱정을 하며 살아가고 있다. 이미 하느님
으로부터 무상으로 받은 것이 많은데도 끊임없이 간구한다. 나
역시 인간적인 계산으로만 이 일을 시작하려 했다면 절대로
이룰 수 없었을 것이다. 오로지 '예수님께서 알아서 해 주실
거야!' 하는 믿음이 기적을 일으킨 것이다.

예수님은 마태오복음 7장에서 이렇게 말씀하신다.

"너희는 무엇을 먹고 마시며 살아갈까, 또 몸에는 무엇을 걸칠까 하고 걱정하지 마라. 공중의 새들을 보아라. 그것들은 씨를 뿌리거나 거두거나 곳간에 모아들이지 않아도 하늘에 계신 아버지께서 먹여 주신다. 들꽃이 어떻게 자라는지 살펴보아라. 그것들은 수고도 하지 않고 길쌈도 하지 않는다. 그러나 온갖 영화를 누린 솔로몬도 이 꽃 한 송이만큼 화려하게 차려 입지 못하였다. 그러므로 내일 일은 걱정하지 마라. 내일 걱정은 내일에 맡겨라. 하루의 괴로움은 그 날에 겪는 것만으로 족하다."

김창린 필립보 신부님은 교우들의 안식처를 만들기 위해서 마지막 열정을 쏟으셨다. 새 하늘, 새 땅이 생겼다. 마치 노아의 방주 속에 들어간 모든 생명체가 새 하늘, 새 땅에 발을 디딘 것처럼 이 집도 새로운 삶을 꿈꾸는 이들에게 희망의 땅이 될 것이다. 홍수를 피해 들어가기 위해 만든 배의 이름도 노아의 이름을 따서 '노아의 방주'라고 했듯이, 이 아름다운 집을 김창린 필립보 신부님의 세례명을 따서 '필립보 생태마을'이라고 이름 지었다. 태산같이 큰 은덕을 입은 내가 신부님께 드릴 수 있는 것이라곤 이것 말고는 아무 것도 없었다.

내가 세상 떠난 먼 훗날, 사람들이 성 필립보 생태마을에 와서 "왜 천주교회에 생태 주보성인이신 성 프란체스코의 이름을 따서 성 프란체스코 생태마을이라고 하지 않고 성 필립보

고 김창린 필립보 신부님을 기리기 위해 생태마을 앞마당에
동상을 세워드렸다. 신부님은 교우들의 안식처를 만들기 위해
마지막 열정을 쏟으시고 2012년 5월 하늘나라 여행을 떠나셨다.

생태마을이라고 이름 지었느냐?"고 묻는다면, 신앙적인 결단을 하고 실천하신 김창린 신부님의 아름다운 이야기를 누군가가 들려줄 것이라 믿는다.

　신부님은 2012년 5월 17일 세상을 떠나 하늘나라 여행을 떠나셨다. 신부님을 기리기 위해 생태마을 앞마당에 동상을 세워드리고

　'반백년 하느님 나라 선포하시고
　평창강 휘감아 돌아가는 이곳에
　영적 쉼터 마련하여
　삶에 지친 모든 이에게
　행복 선물하신
　호랑이 신부님을 그리워하며'

라는 글을 헌사했다.

　매일 흙집을 짓고, 농삿일로 바쁜 내게 유럽을 둘러볼 기회가 왔다. 신학교에서 제일 친했고 안양 비산동 성당에서 내가 1보좌신부, 문희종 신부가 2보좌를 했는데 그때도 참 즐겁고 행복하게 살았던 문 신부가 로마로 유학을 갔다. 친구도 볼 겸 유럽도 한번 구경할 겸 여름 농사 끝나고 짐을 주섬주섬 싸서 비행기에 올랐다.

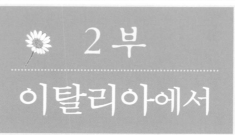

2부

이탈리아에서

갈리스도 까따꼼바

로마의 아침이 밝았다. 촌놈 드디어 로마 땅을 밟았다.

구름 한점 없는 하늘에 오로지 태양만 '쨍' 하고 떠 있다. 9월인데도 로마 태양은 강렬하다. 어지러울 정도로 이글거리는 햇볕 아래 서 있자니 귓속까지도 '쨍' 하는 소리가 들리는 것만 같다.

로마에서 일주일 동안 머물게 될 숙소는 한국에서 유학 나온 신부들이 생활하는 기숙사다.

공부하는 신부들을 위한 기숙사라 그런지 단출하고 고요하다. 세 평 남짓한 기숙사 방에는 침대와 책상뿐이다. 기숙사에 머무는 동안 오랜만에 신학교 생활로 되돌아간 것 같은 기분이 들었다. 한지로 창문을 감싸서 고향 냄새가 물씬 풍기는 성당과 아담한 식당. 담배를 필 수 있는 야외 휴게실이 있고 널

찍한 마당에는 잔디밭과 올리브 나무와 허리통이 엄청 두꺼운 소나무가 우뚝 서 있다.

'쨍'하던 해가 사라지자 체력 단련을 위해 신부들이 운동장을 뛴다. 건강한 몸으로 공부를 마치고 한국에 돌아가야 한다는 굳은 결심으로 달리기를 하는 신부들 표정이 비장해 보인다. 남의 나라 말로 공부한다는 것이 어디 그리 쉬운 일이랴.

베드로 성전을 가슴에 품고 까따꼼바로

여행 첫날 로마 시내로 들어가는데 베드로 성전 돔이 보인다. 저곳이 2천 년 전 베드로 성인이 스승 예수님처럼 똑바로 매달려 죽을 수 없다하며 거꾸로 매달려 순교한 바티칸 언덕이라는 생각에 가슴이 두근거렸다.

로마에 왔으니 제일 먼저 베드로 성전과 바티칸에 가보고 싶었으나, 여행 안내자인 문희종 신부는 바로 눈앞에 보이는 바티칸에 데려가지 않는다. 왜 바티칸에 데려가지 않느냐고 따져 묻는 나에게 문 신부가 무식한 소리 하지 말라고 구박한다. 베드로 성전과 시스티나 성전을 먼저 보고 나면, 다른 성당은 시시해서 감동도 안 받고 설명도 안 듣고 구경도 대충 하고 선물 사기에만 바쁘다고 나를 설득한다.

베드로 성전을 가보고 싶은 마음은 간절했으나 건방진 안내원이 데려가 주질 않으니 어쩔 수 없이 베드로 성전을 지나쳐서 갈리스도 까따꼼바(지하 무덤)로 갔다. 까따꼼바는 고대 로마 성벽에서 20분 정도 걸어나가면 있다. 그 어느 것도 있을 것 같지 않은 평지에 '갈리스도 까따꼼바'라는 푯말만 서 있었다.

지하 무덤 입구에는 각국에서 순례 온 사람들을 위해 스페인어, 이탈리아어, 독일어로 안내하는 신부들이 알아들을 수 없는 말로 쏼라쏼라 해댄다. 자기가 알아듣는 언어를 말하는 안내자를 찾아내어 그를 따라 들어가면 된다. 우리가 막 도착했을 때 영어로 안내하는 신부만 있어서 어쩔 수 없이 그 신부를 따라 들어갔다. 하기야 영어 외에 딱히 알아듣는 말이 없어 선택의 여지도 없었다.

영국, 미국, 독일, 인도에서 온 관광객, 제주도에서 한 달간 배낭여행을 왔다는 현씨 성을 가진 한국 젊은이와 문 신부 그리고 나, 열 명 정도가 한 그룹이 되어 영어로 안내하는 신부를 따라 지하 무덤을 향해 내려갔다.

지하 무덤은 혼자 들어가면 절대 안 된단다. 문 신부는 잘난 척하고 혼자 들어갔다가는 나오는 출구를 찾지 못해서 추위와 굶주림에 죽을 수도 있다며 한국에서 온 촌놈이라고 잔뜩 겁을 준다.

이탈리아 신부가 지하 무덤에 대해서 설명해 주었는데 짧은 영어였지만 대충은 알아들었다. 그리고 못 알아듣는 부분은 신앙의 눈으로 이탈리아 신부의 입술을 뚫어지게 쳐다보았다.

지하로만 이어진 까따꼼바(지하 무덤)는 무려 20킬로미터나

평평한 평지로 보이지만 지하로는 무려 50리 길이 넘는 지하 무덤이 있는 갈리스도 까따꼼바.

된다. 2천 년 전인데도 지하 4층까지 파고들어가 끝도 없는 미로를 만들어 놓았다. 그곳에 수많은 그리스도인 시신이 묻혀 있었다고 한다.

예수님이 하늘로 돌아가시고 난 뒤 사도들의 열정적인 선교 활동 덕분에 100년도 안 되어서 수만 리 떨어진 이곳 로마에까지 가톨릭 신앙이 전해졌다. 황제를 신으로 받들고 그리스 신화에 나오는 신들을 위해 거대한 신전을 지어 바친 로마인들에게 예수님의 등장은 충격이었다. 네로를 비롯한 일곱 황제들은 황제를 신으로 섬기지 않고 예수님만 구세주라고 믿는 그리스도인들을 150년이라는 긴 세월 동안 박해했다.

313년 종교박해가 끝나자, 지하 어둠 속에 묻혀 있던 순교자들 시신은 8세기까지 지상에 있는 성당으로 옮겨가기 시작했고 지하 무덤은 1천 년 동안 기억에서 사라졌다. 그렇게 잊혔던 지하 무덤은 16세기경부터 다시 발굴을 시작해서 세상에 공개되었고, 이제 2천 년 전 선조들의 믿음을 배우는 순례지가 되었다.

아직도 개방하지 않은 지하 무덤이 50개가 더 있다고 하는데, 이 까따꼼바에는 아홉 분의 초대 교황님을 포함하여 특별히 갈리스도 교황님이 묻혀 계셔서 '갈리스도 까따꼼바'라고 부른다.

음악의 주보성인 체칠리아 성녀

갈리스도 까따꼼바에
는 음악의 주보성인인
체칠리아 성녀도 묻혀
있었는데, 진짜 시신은
다른 성당으로 옮겨지고
대리석 조각이 성녀를
대신해서 누워 있었다.

체칠리아는 귀족 딸로
태어나 결혼을 했다. 하

'성녀 체칠리아', 귀도 레니(1606년 작).

느님을 위해서 평생 동정을 약속했던 체칠리아는 자신의 결심
을 남편 발레리아노에게 이야기하면서 남편을 신앙으로 귀의
시켰다. 남편 역시 체칠리아의 숭고한 뜻을 존중하고 남자로서
많이 힘들었을 텐데 동정서원을 지켜 주었다.

나는 성모 마리아보다 요셉 성인이 더 위대해 보이고, 체칠
리아보다 발레리아노가 더 대단해 보인다. 요셉 성인은 어떤
분인지 진짜 꼭 만나보고 싶다.

두 분은 성욕을 이기지 못해 강제로 성폭행을 일삼는 현시
대에 티끌 하나도 허락하지 않는 맑은 거울이다.

부부의 열렬한 신앙생활은 곧 발각되었고 체칠리아는 목욕

탕에 가두어 쪄 죽이는 사형을 언도받는다. 쨍 하는 여름 더위도 견디기 힘든데 쪄 죽이는 형벌은 정말이지 생각만 해도 끔찍하다.

한증막을 좋아하는 나와 홍명호 신부는 누가 뜨거운 찜질방에서 더 오래 버티나 가끔 시합을 한다. 10분 정도 지나면 숨이 턱턱 막히고 심장이 터질 것 같다. 결국 서로 눈치보다 거의 동시에 뛰쳐나가기 일쑤다.

24시간을 목욕탕에 가두어 쪄 죽였는데도 체칠리아는 목숨이 붙어 있었다. 뜨겁고 고통스러운 목욕탕 안에서도 체칠리아 성녀는 오로지 하느님을 사랑하는 열정으로 그 고통을 견디어 냈을 것이다.

구약시대에도 바빌론의 느부갓네살 왕이 유다 젊은이 사드락, 메삭, 아벳느고, 세 젊은이들이 금신상 앞에서 절하지 않는다고 화가 나서 불 화덕에 태워 죽일 것을 명령하였으나 세 젊은이들은 타 죽지 않았다. 체칠리아나 유다의 세 젊은이를 불에 태워 죽일 수 없었던 이유는 세상적인 불이 영적인 불을 이기지 못했기 때문이다.

신학교에 들어오는 친구들, 수녀원에 들어가는 아가씨들이 하느님을 사랑하는 열정으로 불타오르면 부모의 어떤 반대도 그들의 열정을 식히지 못하는 것과 같은 이치이리라. 나도 하느님께 대한 신앙이 불타올라 그 누구도 나를 태워 죽일 수 없을 정도로 용기가 생길까?

목욕탕 사형에 실패한 로마인들은 체칠리아를 목 베어 죽이
기로 결정했다. 칼 솜씨가 서툰 휘광이에게 목을 베인 성녀는
여러 시간 동안 고통을 겪다 죽어야만 했다. 그런데도 성녀는
괴로워하거나 힘들어하지 않고 성가를 부르면서 그 고통의 시
간을 견디어냈다. 그래서 교회는 체칠리아를 교회음악의 주보
성인으로 선포하였다.

체칠리아 성녀는 자신의 삶이 성부, 성자, 성령께로 온통 향
해 있었다는 의미로 손가락 세 개를 펴고 돌아가셨다. 또 한
손은 손가락 하나만 폈는데 오로지 하느님을 향한 일편단심을
표현한 것이란다. 대리석으로 된 시신 목에는 칼자국이 선명하
게 나 있었다.

체칠리아 성녀의 감동적인 순교 이야기를 들으면서 식을 대
로 식어 냉장고가 되어 버린 나의 신앙이 부끄러웠다. 체칠리

아 성녀 성시(聖屍) 앞에서 그 뜨거운 신앙의 100분의 1만이라도 나누어 달라고 두 손 모아 기도했다. 발레리아노 성인을 생각하면 마음이 짠했다.

박해를 피하여 지하로 들어간 신앙 선조

지하 무덤은 단순히 그리스도인 시신만을 모시기 위한 장소가 아니라 박해자들 눈을 피해서 성체성사와 세례성사를 거행한 장소였다. 지하 곳곳에 20명 정도 들어갈 만한 모임 장소가 있었고, 벽에는 신앙을 표현하는 여러 그림들이 그려져 있었다. 콘스탄틴 황제가 313년 종교의 자유를 허락할 때까지 신앙의 선조들은 그렇게 숨어서 죽음의 위험을 무릅쓰고 예수님을 사랑했다. 지하 무덤 벽에는 그리스도인들이 예배 장소로 가는 길을 표시하기 위해서 그린 물고기 그림이며 ☧($Xριστυσ$)라는 표시가 곳곳에 있었다. 200년이 넘는 세월 동안 신앙생활을 한 지하공간은 테라코타까지 만들어 아름답게 꾸며 놓았다.

벽을 파서 만든 무덤들은 셀 수 없이 많았다. 큰 무덤도 있었지만 자그마한 아기들 무덤도 눈에 띄었다. 작은 무덤 앞에서는 더 애잔한 아픔을 느꼈다.

지하 묘는 부드러운 응회암이기 때문에 지하 4층까지 파기가 쉬웠고, 또 공기와 맞닿으면 화강석보다 더 강하게 굳어져서 잘 무너지지도 않는단다. 문 신부 말대로 미로 같은 지하

무덤은 안내자가 없다면 출구를 못 찾아 지쳐서 길을 잃고 헤매다가 굶어 죽기 딱 알맞은 곳이었다. 문 신부가 나한테 자기 뒤만 졸졸 따라오라고 겁 줄 만했다.

밖의 온도는 30도가 넘는 불볕더위였는데 까따꼼바 안은 오슬오슬 한기가 들었다. 반팔만 입은 나는 체칠리아 성녀가 불에 쪄 죽고 목이 잘려 죽은 장소에서도 그깟 추위 하나 못 견디고 털옷 잠바를 입은 이탈리아 신부가 부러웠다.

따뜻한 옷으로 무장한 신부님의 수많은 설명이 귀에 꽂히기도 하고 때로는 귓등으로 흘렀지만 목숨을 내놓고 예수님을 따르던 로마 그리스도인 신앙의 숭고함만은 흘려 버릴 수도 지나칠 수도 없었다.

하느님을 위해서라면 세상 어떤 어려움이라도 이겨냈던 그리스도인들에게 존경의 마음을 품으며 '갈리스도 까따꼼바' 순례를 마쳤다.

라테라노 성전

다음으로 찾아간 곳은 라테라노 성전과 로마교구 교구청이었다.

라테라노 성전은 콘스탄틴 황제가 살던 궁전이었는데, 로마를 지키기 위한 중요한 전투에서 승리하자 황제는 궁전 옆에다 성전까지 지어서 멜키아데스 교황에게 봉헌했고, 교회는 베드로 성전이 지어지기 전까지 거의 1천 년 동안 교황 궁정과 교황 착좌식을 거행하는 성전으로 사용했다. 현재는 로마교구 교구청으로 사용하고 있다.

말로만 듣던 엄청난 규모의 성당을 처음으로 보았다. 유럽 성당을 다녀온 선배 신부님이 "유럽 성당은 돌 벽이 두꺼워서 그 안에 화장실을 만든다."고 이야기했을 때 속으로 '뻥이 좀 심하시네!' 하면서 믿지 않았는데, 라테라노 성전을 보고서 그 말이 과장이 아니라 진실인 것을 알았다. 대리석으로 된 성전

원래는 콘스탄틴 황제가 살던 궁전이었는데
현재는 로마교구청으로 사용하고 있는 라테라노 성전.

벽의 두께가 5미터는 족히 되어 보였다. 입구부터 장식한 형형색색 대리석을 보면서 대리석에도 그렇게 다양한 색상이 있다는 것을 처음 알았다. 그 화려한 무늬 장식들은 돌 색깔 하나하나를 골라 끼워 맞췄다.

이탈리아 석회암은 지하에 50리 길 까따꼼바(지하 무덤)를 만들어 놓았지만 지상에서는 수십 미터 높이 성전 초석이 되어 있었다.

성서에서 예수님과 베드로 사이에 돌 이야기가 왜 그렇게 많이 오고 갔는지, 또 바오로 사도가 편지를 쓰면서 돌 이야기를 왜 그렇게 많이 했는지 유럽에 와보니 알 것 같았다. 신학교 때 내 별명이 '짱똘'인데 이 엄청난 돌들 앞에 서니 '그대 앞에 서면 난 왜 이리 작아지는지' 노래처럼 거대한 돌에 기가 질렸다. 돌을 이해하지 못하고는 로마 문화를 절대로 이해하지 못할 것이다. 열두 사도 조각들이 마치 살아 있는 듯한 느낌을 주는 것도 부드러운 대리석 덕분이다. 로마는 한 마디로 살아 있는 돌 문화이다.

예수님께서 베드로에게 "내가 반석 위에 교회를 세울 터인즉 죽음의 힘도 감히 쳐부수지 못할 것이다."고 하셨는데 현장에 와서 보니 돌과 신앙이 얼마나 깊은 인연이 있는지 알 것 같다. 변하지 않는 돌처럼 신앙도 반석처럼 굳건하라는 교훈이 성당에 깊이 스며들어 있었다.

지하 돌 무덤 덕분에 200년간 박해를 피해 신앙을 지켰고, 또 그 대리석으로 집을 지으니 1천 년이 지나도, 2천 년이 지나도 주님의 집이 굳건히 서 있는 것이 아니겠는가?

새로운 세계를 여행해보면 저절로 눈이 뜨이고 귀가 열린다.

신앙과 예술의 합작품 성모 성당

라테라노 성전을 순례한 뒤 성모 성당을 가야 하는데, 문 신부는 돈 아낀다며 버스 타고 가자 하고, 나는 더운데 고생하지 말고 택시 타고 가자 하면서 한참을 옥신각신했다. 땀을 삐질 삐질 흘리면서 30분을 기다려도 버스가 오지 않아 결국 택시를 탔더니 5분도 채 안 걸린 거리에 성모 성당이 있었다. 문 신부는 로마에 와서 공부만 하느라고 잘 안 돌아다녀서 거리 감각이 없어졌다고 슬며시 핑계를 댄다.

산타 마리아 마조레 대성전은 로마 시내에 있는 4대 성당(베드로 성전, 바오로 성전, 라테라노 성전, 산타 마리아 마조레 성전) 중 하나이다. 이 성당은 다음과 같은 전설을 가지고 지어졌다.

아기가 없는 어느 귀족에게 성모님이 한 여름철에 발현하시어, 에스퀼리노 언덕에 가 보면 눈이 내릴 터인데 그곳에 성전을 지어 봉헌하라고 말씀하셨단다. 그래서 그 귀족이 성모님 말씀대로 교황 식스토 3세(432~440)에게 성전을 지어 봉헌하고 나니 아기가 생겼다는 이야기다.

성모 성당에 들어가 보니 돔이 예술이다. 그 높은 돔 벽면에

산타마리아 마조레 성당 전경.

산타마리아 마조레 성당(성모 성당) 천장화와 내부 모습.

그려진 그림들은 신앙의 힘과 예술 의지가 어우러진 합작품이다. 1천5백 년 전에 어떻게 저런 어마어마하게 큰 그림을 30미터도 넘는 천장에 매달려서 그렸는지 놀라울 뿐이었다. 이유야 어떻든 간에 1년 만에 성당을 후다닥 지어 봉헌한 내 자신을 되돌아보며 약간은 부끄러웠다.

성당을 순례하고 나니 로마 그리스도인들이 하느님을 섬기는 것은 취미생활이 아니고 온 생을 다 바쳐서 섬겼다는 느낌이 팍팍 든다.

저녁에는 한국에서 유학 온 신부들과 바티칸 궁전 뒤편 담쪽에 있는 길거리 맥줏집에서 은은한 조명 빛에 신비감이 더해지는 돔을 바라보며 한 잔씩 목을 축였다. 밤이 깊어 가면서 베드로 성전에 대한 궁금증도 더 깊어 갔다.

산타마리아 마조레 성당(성모 성당) 돔 천장화.

피렌체 두오모 성당의 돔 천장화.

성모회장 문 신부

　지하철과 버스를 번갈아 타며 하루 종일 걸어서 성지순례를 했더니 기숙사에 들어오자마자 저녁 아홉 시부터 곯아떨어졌다. 한참을 자고 일어났더니 새벽 세 시였다. 옆방 문 신부도 피곤했는지 코를 골며 자고 있다. 논문 마무리 시기인데도 동기 신부를 위해서 무려 20일이나 되는 귀한 시간을 길동무로 자처한 친구다.

　문희종 신부는 이국적으로 생겼다. 코는 슈퍼맨 크리스토퍼 리브처럼 오뚝하다. 코가 곧으면 강직해 보이는데, 문 신부의 피노키오 코는 강직보다는 단정해 보이는 데 일조한다.

　초롱초롱한 눈빛은 한바탕 폭풍이 지나간 밤하늘의 영롱한 별처럼 맑고 깨끗해서 은퇴하신 최덕기 주교님 눈빛을 떠오르게 한다. 문 신부 눈을 보면서 이야기하다 보면 최 주교님을 마주하는 듯하여 깜짝깜짝 놀라기도 한다.

20일간이나 이탈리아, 프랑스, 독일 여행에 동행해 준 '착한 친구' 문희종 신부.

　문 신부에게는 감정의 기복이 거의 없다. 20년 동안 지켜본 문 신부를 한마디로 표현하자면 '착한 친구' 다.

　친구들끼리 함께 다니다 보면 사소한 일 가지고도 의견이 맞지 않아 한두 번씩 다투기도 한다. 때로는 심하게 싸우다가 여행 중에 집으로 돌아가는 경우도 있다. 오죽하면 신혼부부도 신혼여행 가서 싸우고 돌아와 그 길로 바로 이혼하는 일이 있겠는가?

　10년 전인가, 신부들과 월출산 산행을 마친 뒤 저녁식사로 무엇을 먹을까 정하다가 말다툼을 좀 했다. 내가 조금 늦게 들어가니 한 친구가 토라져서 여행 중간에 그 길로 택시 타고 자기 본당으로 돌아가 버렸다. 그때 택시비가 15만 원 나왔다니 참 어처구니없는 일이었다. 하지만 문 신부와 여행하는 20일 동안은 의견 충돌은커녕 유쾌하고 즐겁기만 했다.

부족한 부분을 말없이 채워주는 문 신부

1994년 안양 비산동성당에서 나는 1보좌신부로, 문 신부는 2보좌신부로 함께 재직한 적이 있다. 1년 동안 사목하면서 한 번도 불편함이 없었던 것은 전적으로 문 신부의 겸손과 배려 덕분이었음도 알고 있다.

문 신부는 자기주장을 앞세우는 사람이 아니고 상대방 입장에 서서 의견을 존중해 주는 사람이다. 귀에 거슬리는 말은 하지 않는다. 남을 헐뜯거나 비난하지도 않는다. 혀를 통제할 줄 아는 성숙한 친구다. 국내에서 동료들이 로마로 유학간 문 신부 이야기를 할 때면 언제나 즐겁게 이야기한다. 그가 빨리 공부 끝내고 돌아오기를 바라는 신부들이 참 많다.

선천적으로 심성이 고와서 남을 배려해 주는 친구들은 많은 사람들로부터 사랑과 칭송을 듣기는 하지만 인생을 피곤하게 사는 모양이다. 개인 시간을 모두 포기한 문 신부도 20일 동안 나에게 충분히 시달렸다.

반면 이기적인 사람은 다른 사람 걱정해 주느라 남에게 시간을 빼앗기는 일 없이 자기 원하는 방식대로 편안하게 살 수는 있겠지만, 주위 사람들로부터 따뜻한 관심과 사랑을 받기는 힘들다. 그러다보면 언제나 주변인으로 살아갈 수밖에 없다.

몸과 마음이 조금 피곤해도 남을 배려해 주고 걱정해 주는 사람의 삶이 풍요롭고 축복받는 삶이리라. 문 신부가 바로 그런 사람이다. 오죽하면 '로마의 성모회장'이라는 별명을 가졌겠는가?

가나의 잔칫집에서 술 떨어진 사실을 걱정하는 성모님처럼 이것저것 꼼꼼하게 챙기고, 본당에 부족한 부분을 남모르게 채우는 맘씨 고운 분들이 주로 성모회장직을 맡는다.

문 신부는 로마로 유학 나오는 신학생이 있으면 기숙사 문제부터 입학 허가와 언어 연수 일정을 하나하나 꼼꼼히 챙겨 주고, 심지어는 유학 나온 신학생들에게 용돈까지 쪼개어 나눠 준다. 로마의 성모회장이라는 별명이 전혀 어색하지 않다.

신학교 교수로 있을 때도 어려운 신학생들 학비와 책값을 도와달라고 내게 전화해서 신학생들 장학금을 챙겨 주곤 했던 친구다. 문 신부는 나한테 돈 맡겨 놓은 것도 아닌데 전혀 미안해하지 않고 내 돈을 뺏어간다. 그런데 더 신기한 건 돈을 빼앗겨도 한 번도 아깝다는 생각이 들지 않는다.

환경 파괴도 마찬가지다. 이기적인 사람은 자연 환경을 파괴하면서 자기 자신의 이익을 추구하지만 이타적인 사람은 자연 환경을 보살피면서 자연과의 조화 속에 기쁨을 찾는다.

그런 면에서 성모님도 지구 환경이 파괴되어 가는 것을 가장 마음 아파하실 것 같다. 문 신부는 성모님 같은 모습으로 사람들을 보살피니까 자연 환경도 당연히 잘 지킬 것 같은 믿음이 간다.

한 가지 결정적인 흠이 있다면 담배를 너무 많이 피운다. 다방도 신학교 2학년 때 어머니하고 처음 가보았다는 그 순진한 아이가 신학교 3학년 되던 때 담배를 처음 가르쳐준 장본인이나였으니 담배 피운다고 불평할 수는 없지만, 7년 전에 담배를 끊은 내 앞에서 담배를 뻑뻑 피워대는 문 신부를 보고 있으면 한 대 때려주고 싶다. 담배 연기를 내 코에다 뿜어내는 것 빼고는 흠 잡을 데가 없는 착한 사제가 언어도 잘 안 통하는 이국땅에서 길동무라는 사실이 강원도 산골 촌놈을 안심시킨다. 게다가 이탈리아어, 프랑스어, 독일어를 막힘없이 하니까 유럽 어딜 가도 걱정이 없다.

문희종 요한 세례자 주교.

'마리아를 통하여 그리스도께로, 사랑 · 겸손 · 순종'
2015년 9월 10일 서품된 문희종 주교의 사목 표어이다.
자신의 주교 직분을 겸손하게 '섬기는 자' 로서 신자들 가운데
머무는 것으로 받아들이고 성실하게 직분을 수행하기 위해
신앙의 모범이신 성모 마리아를 삶의 중심에 두고 살겠다는
의미를 담아서 사목 표어의 배경에 수원교구의 주보이신
'평화의 모후' 성모 마리아를 두었다.

봉쇄수도원

서강대학 박홍 전 총장처럼 엄숙하게 생긴 후배 고태훈(스테파노) 신부가 선배님이 로마에 오셨으니 하루쯤은 차량 봉사를 하겠다며 직접 운전을 하고 나섰다.

문 신부는 자동변속기 차량만 운전할 줄 알았지 수동변속기는 운전할 줄 몰라서 늘 기차와 지하철, 버스만 타고 다녔다. 이탈리아 자동차는 대부분 수동변속기 차량이다.

지하철과 버스를 타고 걸어다니면서 불편한 점도 있었지만 거리의 유럽 문화를 만끽할 수 있었다. 기차 안에서 만난 천태만상의 사람들, 버스 안에서 노인에게 결코 자리를 양보하지 않는 젊은이들, 그럼에도 불구하고 기차를 기다리는 자투리 시간 속에서도 손에서 책을 놓지 않던 젊은이들과 장소에 구애받지 않고 뽀뽀하는 연인들 모습을 보는 즐거움도 누렸다. 지하철 안에서 바이올린 연주를 하면서 구걸하는 집시 아이들조

차 유럽에 처음 온 촌사람 눈에는 왠지 멋있어 보였다.

고 신부의 차량 봉사로 대중교통 관광이 끝나고 자동차 관광이 시작됐다. 인간의 육신은 간사하여 자동차를 타고 다니니 한결 편안했다.

죽어서까지 용서를 베푼 열두 살 고레티 성녀

처음으로 안내한 곳은 안코나 지역으로, 마리아 고레티 성녀 무덤이 있는 해안가 성당이다.

고레티 성녀는 1890년에 태어나서 1902년에 돌아가신 분이다. 그러니까 꼭 열두 해를 살고 세상을 떠나셨다. 가난한 농부 집안에서 태어난 데다 아버지가 일찍 돌아가셔서 학교도 제대로 다닐 수가 없었다. 한창 뛰어놀 나이에 고레티는 어머니가 밭일을 하는 동안 집안일을 하고 어린 동생들을 돌보았다. 지하 성당 벽면에 그려진 고레티는 여러 차례 기워서 누더기가 다 된 옷을 입고 있는 모습이었다. 그 어린 나이에 인생을 얼마나 고단하게 살았는지 알 수 있었다.

학교도 다니지 못하고 삶을 힘겹게 꾸려 나가는 고레티를 이웃 청년이 넘보기 시작했다. 욕정의 포로가 된 청년은 끈질기게 고레티를 유혹했다. 그러나 고레티는 유혹에 눈길 한번 주지 않았다. 앙심을 품은 청년은 칼을 들고 고레티만 홀로 남아 있는 빈 집에 들어가 강제로 겁탈하려 했다. 고레티는 끝까지 저항했고 청년은 분노와 증오로 여리디 여린 열두 살 소녀 몸을 열세 번이나 찔러 죽였다.

마리아 고레티 성녀.

마리아 고레티는 숨이 끊어지기 일보 직전 본당 신부에게 십자가에서 예수님이 하신 말씀처럼 나를 죽이려고 한 사람을 용서한다고 고해하면서 세상을 떠났다.

여기까지 이야기도 애틋하고 슬프지만 여기서 이야기가 끝났다면 미성년자 성폭행 사건으로 마무리되고 성녀까지 되지는 못했을 것이다.

고레티는 세상을 떠났고 살인마는 교도소에 갔는데, 그의 꿈에 고레티가 너무나 아름답고 행복한 모습으로 나타나 "자신은 천국에 있으니 당신도 회개하고 하느님을 믿으라!"고 권유를 했단다. 이 청년은 형기를 마치고 회개해서 수도원에 들어가 남은 생을 수도자로 살았다는 이야기다.

자기를 죽인 사람을 용서하고 그것도 모자라 하늘나라에 가서까지 청년을 회개의 길로 이끈 고레티는 현대인들을 감동시켜 성인의 품에까지 올랐다.

열두 살 마리아 고레티는 순결이 상실된 이 시대에 이탈리아 사람들에게 사랑을 듬뿍 받고 있었다. 제대 아래에 곱게 묻혀 있는 마리아 고레티는 가녀린 열두 살 소녀였다. 성녀 앞에서 혼돈의 시대를 살아가고 있는 나에게도 힘을 달라고 간구했다.

마리아 고레티 성녀의 성지를 설명해 주는데 이번에는 고태훈 신부가 문희종 신부보다 훨씬 더 설명을 잘하는 것이 아닌가? 고 신부가 더 안내를 잘한다고 한마디 했더니 문 신부가 또다시 담배 연기를 내 코에다 확 뿜어댄다. 목을 콱 쏘는 담배 연기를 두 손으로 내저으며 다음 성지 가에타로 향했다.

의심을 버리고 믿어라, 가에타 성지

지중해 해안가 도로를 따라 두 시간을 달려가니 가에타 성지가 나왔다.

마태오 복음에 따르면 예수님이 예루살렘에서 돌아가셨을 때 성전 휘장이 위에서 아래까지 두 폭으로 찢어지고 땅이 흔들리며 바위가 갈라졌다는데, 그 순간 이역만리 떨어져 있는 이탈리아 가에타라는 바위산도 동시에 두 쪽으로 갈라졌다는 기적 같은 이야기 때문에 성지가 된 곳이다. 신앙인들은 한번 빠지면 모든 것을 하느님과 연관 짓는 이상한 습성이 있다.

예수님이 예루살렘에서 돌아가셨을 때 이 먼 이탈리아 가에타에서 바위가 왜 갈라졌는지는 모르겠지만, 신심 깊은 이탈리

이탈리아의 가에타 성지.

아인들은 일단 예수님 때문이라 믿고 순례지로 정했다.

5세기경에 가에타의 갈라진 바위를 보면서 나처럼 의심한 터키인이 있었나 보다. 그는 갈라진 바위틈 사이에 서서 바위를 짚으면서 의심을 하고 있었는데 자신의 손이 바위 속으로 쑥 빨려 들어갔단다. 그래서 얼른 의심을 버리고 믿었더니 손이 들어가다 멈추었다고 한다. 정말 신기하게도 손바닥과 다섯 손가락 자국이 선명하게 바위에 나 있었다. 내 손을 그 손자국에 넣어 보니 내 손보다는 조금 컸다. 물론 손이 빨려 들어간 이야기조차도 꾸며낸 이야기로 나는 믿는다.

문 신부는 "신부가 신앙심도 없냐? 의심을 버리고 믿어라!" 며 나를 꾸짖는다.

지중해 바다가 아름답다고 하지만 제주도 푸른 바다만 하랴! 지중해 바다의 연하늘색과 표정 없는 해안선을 보니, 불현

듯 제주도 바다의 강한 쪽빛 물결과 들쑥날쑥한 바위가 만들어내는 아름다운 해안선이 생각났다. 한라산을 중심으로 펼쳐지는 제주도는 세계 어디에 내놓아도 빠지지 않는 절경이다. 특히 제주도 근처 문섬과 새끼섬 주위를 잠수해서 돌아보면 총천연색 산호초에 반해 버린다.

간혹 우리나라 사람들이 유럽이나 미국 경치는 좋고 아름답고, 한국은 지저분하고 볼 것도 없다고 말하는데, 내 경험으로는 대한민국처럼 아름답고 좋은 나라도 드물다. 온통 평지뿐인 유럽이나 미국 사람들은 너무 밋밋한 자연 때문에 조금만 멋이 있어도 호들갑을 떠는데, 우리나라 팔도강산 방방곡곡은 하느님께서 조화를 부려 놓은 예술품들로 꽉 차 있어서 오히려 그 가치를 제대로 평가하지 못하는 것뿐이다.

도시와 농촌을 조금만 더 자연과 어우러지게 꾸며 놓는다면 세계에서 제일 아름다운 나라가 될 것이다.

가에타를 둘러본 뒤 여행의 중요한 목적지 중 하나인 몬테카시노에 위치한 베네딕도 수도원으로 방향을 잡았다.

대(大)베네딕도 성인의 가르침, 일하고 기도하라!

내 세례명은 베네딕도이다. 베네딕도 성인을 특별히 흠모해서 세례명을 정하지는 않았다. 대부분 천주교인들은 자기 생일과 비슷한 날에 기념하는 성인을 주보성인으로 삼는다. 나도 생일이 음력으로 7월 10일경에 들어 있어서 7월 11일에 기념하는 베네딕도 성인을 주보성인으로 삼았다. 중·고등학생 때는 베네딕도 성인에 대해서 별 매력을 느끼지 못했는데 나이를 먹으면 먹을수록 베네딕도 성인에게 빠져든다.

성인 앞에 대(大)자를 넣어서 부르는 성인은 별로 없는데 베네딕도 성인은 대(大)베네딕도라고 부른다. 베네딕도 성인의 유일한 규칙은 "기도하고 일하라!(Ora et Labora!)"이다. 신부에게 기도는 기본이지만 육체노동을 한다는 것은 생소할 수

몬테카시노 수도원의 성 베네딕도 상.

있다. 육체노동을 하지 않고 정신적인 일만 하다 보면 어느 한 쪽이 약해질 수 있다. 그러나 육체 일을 하다 보면 자신도 모르게 잡념이 없어지고 정신이 맑아지는 것을 느낀다. 정신과 육체의 노동을 조화롭게 할 때 균형감이 생긴다.

평창에서 땔감을 준비하기 위해 도끼질을 하다 보면 무아지경에 빠진다. 장작을 패다 보면 지루할 틈이 없다. 토담집 짓느라고 굴삭기로 황토를 개고 나르다 보면 어느새 해가 진다. 황토벽을 칠 때도 공(空)의 경지에 이른다. 진흙 황토를 벽에 쳐 댈 때는 딴 생각을 할 수 없다.

기도의 기본은 잡념이 없어야 한다. 복잡하게 얽히고설킨 인간 세상에서 무한한 하느님을 만나기란 낙타가 바늘구멍을 뚫고 지나가는 일보다 더 어렵다. 기도하려고 성당에 앉아 있는데 닭똥집도 먹고 싶고, 소주도 마시고 싶고, 곗돈 부을 일도 걱정하고, 미운 사람 생각하면 불같은 분노도 일어나면서 마음이 흐트러져 있다면 하느님 대면하기는 틀려 버린다.

열왕기 상권 19장에 엘리야가 하느님을 만나는 장면은 우리가 어떻게 기도해야 하는지를 잘 알려준다.

"크고 강한 바람 한 줄기가 일어 산을 뒤흔들고 야훼 앞에 있는 바위를 산산조각 내었다. 그러나 야훼께서는 바람 가운데 계시지 않았다. 바람이 지나간 다음에 지진이 일어났다. 그러나 야훼께서는 지진 가운데도 계시지 않았다. 지진 다음에 불이 일어났다. 그러나 야훼께서는 불길 가운데도 계시지 않았

베네딕도 성인이 3년 동안 바위 동굴에서 기도에만 전념했던 수비야코 수도원 전경.

다. 불길이 지나간 다음 조용하고 여린 소리가 들려왔다. 엘리야는 목소리를 듣고 겉옷자락으로 얼굴을 가리고 동굴 어귀로 나와 섰다. 그러자 그에게 한 소리가 들려왔다."

　기도의 기본은 단순해지는 것이다. 고요하게 머무르는 것이 기도의 기본이다. 베네딕도 성인은 노동이 기도에 얼마나 큰 도움이 되는지를 득도(得道)하신 분이다.

세상과 단절된 몬테카시노 수도원

1천5백 년의 역사를 가진 몬테카시노 수도원은 베네딕도 성인이 직접 설립하였다. 세상과 단절된 아득한 산꼭대기에 세워져 있었다. 단순해지기 위한 선택이었을 것이다.

2차 세계대전 때 독일군이 이곳을 요새로 삼아 심하게 저항한 탓에 미군의 피해가 막대했다. 미군은 승리를 위해서 폭격을 감행할 수밖에 없었다. 하지만 미군에게도 1천5백 년이나 된 역사적 장소를 폭격한다는 전략이 매우 아까운 일이었나 보다. 미군은 전에 있던 수도원과 똑같이 지어 주기로 약속하고 폭격을 감행했다. 산산조각난 수도원은 다행히도 설계도면이 완벽하게 보존되어 있어서 원형 그대로 복원하는 데 성공했다.

산꼭대기라 그런지 도착하자마자 번개가 번쩍이더니 비님이 오기 시작했다. 입구에서 외국 할아버지 신부님이 한국말로 우리를 향해 반갑게 인사했다. 그런데 이 신부님 한국말을 너무 잘 하시는 것이 아닌가! 그것도 구수한 경상도 사투리를 섞어 가며 이야기를 하시는데 신기했다. 자신은 독일 사람인데 한국 베네딕도 수도원 초대 아빠스 오도환 신부란다.

이국땅에서, 더욱이 할아버지 신부님의 구수한 경상도 사투리를 들으니 알 수 없는 정이 솟아올랐다. 그러나 사투리로 마지막으로 하신 말씀은 나를 절망으로 몰아넣었다. 겨우 오후

네 시 반밖에 안 되었는데 저녁 성무일도(베스뻬라)가 막 끝났단다. 나 원 참.

노래로 하는 저녁 성무일도를 듣기 위해 하루 종일 운전해서 달려왔는데 두 다리에 힘이 쭉 빠졌다. 문 신부하고 고 신부가 자신있게 저녁기도는 다섯 시에 한다고 말했는데, 오 신부님 말씀으로는 네 시에 시작해서 방금 끝났단다. 안내원들이 마음에 들었다 안 들었다 한다.

옛날이나 지금이나 봉쇄수도원은 저녁 여덟 시나 아홉 시에 잠자리에 들고, 새벽 두 시나 세 시에 일어나서 독서기도와 아침기도로 하루 일과를 시작한다.

사목활동을 하면서 봉쇄수도원 기도 시간에 대해서 들을 때마다 도저히 이해가 되지를 않았다. 도시에서 사목활동 하는 신부들은 저녁미사 봉헌하고 교리 가르치고 교우들과 만남이 끝나면 저녁 열 시가 넘고, 사제관에 들어가 책 읽고 글 쓰고 강론 준비하고 씻다 보면 새벽 한 시쯤 자는 일과가 다반사인데, 내가 잠을 자는 새벽 두 시에 일어나서 하루를 시작한다니 봉쇄 수도자들이 이해가 안 갔다.

그런데 평창 생태마을에 들어와 생활하다 보니 봉쇄수도원 수도자들이 왜 새벽 두 시에 일어나는지 확실히 이해되었다.

일단 도시 문명과 단절된 삶은 해가 떨어지면 할 일이 없어진다. 평창만 하더라도 저녁 먹고 나면 일곱 시인데, 직원들은 퇴근하고 생태마을은 고요와 적막감만 흐른다. 사람은 하나도 없고 주위는 깜깜한데 무슨 할 일이 있겠는가? 여덟 시만 되면 졸리고 잠이 온다. 양치하고 씻으면 잘 일밖에 없다. 실컷 잠을 잤다고 생각하고 일어나 보면 새벽 세 시나 네 시다. 엄청 일찍 일어난 것 같지만 잠자는 시간으로 따지자면 여덟 시간이나 충분히 잤다. 저녁 열 시부터 새벽 한 시까지 잠을 자는 것이 신체에 가장 좋다고 하지 않는가?

새벽 세 시나 네 시에 일어나면 하루가 길다. 긴긴 독서기도로 새벽을 열고 아침미사 봉헌하고 오전 일을 마치고 점심 먹으면 졸리다. 낮잠을 한 시간 정도 잔다. 오후 두 시에 일어나서 다시 일을 하고 여섯 시에 밥 먹으면 일곱 시에 또 졸리다. 저녁 여덟 시에는 잠자리에 들어야 한다.

다시 말해 해 뜨면 일어나고 해 지면 자는 것이 시골 생활이다. 그런데 현대인들은 정반대로 살아간다. 자야 할 시간에 밤새 일하거나 놀고, 낮에는 비몽사몽 지내니 정신적인 피로가 이만저만이 아니다.

나도 생태마을에 학생들 교육 들어오거나 어른들 피정 들어오면 생활이 흐트러져 아주 피곤하다. 저녁 열 시경까지 교육을 하거나 떼제기도를 할 때면 아홉 시만 되면 잠자고 싶은 욕망이 간절히 일어난다.

한국에 돌아가면 평창을 찾는 교우들을 여덟 시에 재우고 새벽 두 시에 깨우는 수도원 스타일로 기도해 볼까?

어쨌든 1천5백 년 동안 이어온 노래로 하는 기도(성무일도)는 못 듣게 되었지만 성체 강복에는 참여할 수 있었다. 솜털이 뽀송뽀송한 젊은 신부와 귀가 잘 안 들려 보청기를 끼고 겨우 걸음을 옮기는 늙은 수사가 함께 부르는 성체찬가는 천상의 소리였다.

　결국 몬테카시노 수도원의 노래로 하는 성무일도를 듣지 못하는 아쉬움만 남기고 하산할 수밖에 없었다.

　문 신부가 한국에 돌아가거든 대구 왜관에 있는 베네딕도 수도원에 가서 들어보라고 말도 안 되는 소리를 위로랍시고 한다.

수도원 내부의 프레스코화.

콜로세움

콜로세움(Coloseum)이라고 불리는 원형경기장과 개선문, 로마 황제가 살던 황궁과 무수한 신전들을 둘러보고 나니 역사의 웅성거림이 귓가에 맴돈다.

세월의 흔적이 서려 있는 성당과 궁들도 감탄을 자아내게 하지만 부서진 채로, 쓸려 나간 채로 역사와 함께 호흡하는 현대 로마는 내게 끝없이 말을 걸어오고 생각할 기회를 주었다.

서울도 아름다운 고도(古都)임이 분명하건만 조상들 숨결과 생활이 묻어 있는 전통 가옥을 개발이라는 이름으로 헐어 버리는 현실이 안타깝다. 특히 북촌 한옥마을도 지켜내기가 힘들다 하니 가슴이 답답하다.

로마 시내 길을 걷다 보면 세월의 무게만 느껴지는 게 아니라 조상의 지혜를 보존하려는 노력이 엿보인다. 새로 만드는 길도 아스콘이 아닌 2천 년 전 방식 그대로 느낌이 살아 있는 돌을 깔아 만든다. 도로를 주행할 때 돌길에 차 바퀴 마찰하는 소리가 마치 시저 시대로 타임머신을 타고 옮겨간 기분이다.

첫 방문지인 개선문에 가기 전 너무 목이 말라 길거리에서 파는 수박을 사 먹었다. 수박을 파는 청년이 우리에게 한국 사람이냐고 묻기에 그렇다고 대답했더니 자기는 한국 여자가 너무 좋다고 너스레를 떤다. 내가 "한류가 중국이나 홍콩에만 상륙한 것이 아니라 이태리에도 상륙을 했니?"라고 질문을 던질 정도로 한국 칭찬을 늘어지게 한다.

속으로 '이 친구 장삿속이 좋네!' 라고 생각하고 있는데, 그 청년이 갑자기 속주머니에서 삼성 휴대전화에 대한 상품소개서를 꺼내는 것이 아닌가! 삼성 휴대폰을 아느냐고 물었더니 너무 사고 싶은데 비싸서 못 사겠다고 대답한다. 자기 동생은 이미 사서 쓰고 있는데 기능이 다양하고 편하다며 자기도 꼭 사고 싶단다. 내가 쓰는 휴대전화를 그 친구에게 보여주었더니 휘둥그레진 눈으로 음악 소리와 동영상, 사진 기능을 확인하고 엄지손가락을 치켜들면서 최고라고 한다. 우리나라가 정보기술(IT) 강국이라더니 외국에 나와 보니 그 말이 실감난다. 열심히 수박 팔아서 꼭 삼성 휴대전화 사라고 이야기해 주고 개선문으로 발걸음을 옮겼다.

로마에는 개선문이 하나만 있는 줄 알았더니, 길동무가 나의 무식함을 질책하면서 개선문은 로마에 여러 개가 있다고 조목

가장 오래되고 보존이 잘 된 콘스탄티누스 개선문. 전쟁에서 승리한 황제와 군인들은 개선문을 통해 위풍당당하게 행진하며 로마로 입성하였다.

조목 설명해 준다. 황제와 군사들이 전쟁에서 승리하고 돌아오면 로마 외곽에서 두 달 정도 머문다고 한다. 그 사이 로마에서는 승리한 황제와 군인들을 위해 부지런히 개선문을 새로 만들어 놓는다. 개선문이 완성되면 황제와 군인들은 자신들만을 위한 개선문으로 화려하고 위풍당당하게 행진하여 로마로 입성한다. 그러고 보니 개선문이 여기저기 세워져 있는 것을 발견할 수가 있었다. 유식한 문 신부 덕분에 무식을 한 꺼풀 벗길 수 있었다.

콜로세움이라고도 불리는 원형경기장. 검투사들의 싸움이 끝나면 마지막 행사로
그리스도인들이 끌려나와 굶주린 맹수들에게 비참하게 죽어갔던 순교지이기도 하다.

그리스도인들의 순교지, 원형경기장

　다음으로 안내한 장소는 콜로세움이다. 콜로세움은 기원후
72년 베스파시아누스 황제가 건축하기 시작해 8년 만에 아들
티투스 황제가 완성했다는데, 좌석 규모가 서울 올림픽경기장
만하다.

　원형경기장은 가톨릭교회와 인연이 기이하다. 기원후 70년경
티투스가 예루살렘을 정복한 뒤 10만 명이 넘는 유다인 포로
를 데리고 와서 완성한 경기장이란다. 유다인이 완성한 원형경
기장에서 수많은 유다계 그리스도인들이 순교를 한다.

콜로세움 한가운데에 서니 죽음을 보고 즐기는 5만 명의 함성 소리가 들리고 피비린내가 코끝에서 진동하는 것 같았다. 검투사들의 싸움이 끝나면 마지막 행사로 그리스도인들이 끌려나와 사자 밥이 된 곳이 바로 이 원형경기장이다. 매년 성금요일에는 교황님이 이곳 콜로세움에 오셔서 굶주린 맹수들에게 비참하게 죽어간 순교자들을 기념하기 위해 십자가의 길 기도를 몸소 하신다.

관중석을 둘러싼 경기장 높이가 바닥에서 꼭대기까지 50미터다. 2천 년 전 로마는 벌써 15층 아파트 높이에 달하는 건축물을 세웠다. 이 대형 건축물을 완성하기 위해 정복지역에서 끌려온 수많은 노예들이 밤낮을 가리지 않고 일해야 했다.

'스파르타쿠스의 전쟁'은 커크 더글라스와 진 시몬스 주연의 영화로도 제작된 노예와 로마의 전쟁이었다. 70명의 검투사들이 스파르타쿠스를 중심으로 자유를 찾아 고향으로 가려 했고, 나중에는 12만 명이나 되는 노예들이 합세하여 로마에 항거한 정당한 전쟁이었다.

똑같은 인간이면서 노예 검투사들은 목숨을 걸고 처절한 싸움을 벌여야 했고, 관중석 로마 시민들은 그 죽음을 즐기며 웃고 떠들었던 장소인 콜로세움을 둘러보니 몸서리가 쳐졌다.

로마가 전성기를 누릴 수 있었던 이유는 하늘이 내려주신 자연 조건인 온화한 지중해성 기후와 드넓은 곡창지대 덕분일 것이다. 농사꾼 눈에는 이탈리아의 드넓은 옥토가 부러웠다.

로마 공회장(포로 로마노) 전경.

어느 나라든 국력의 기본은 식량이다. '農者天下之大本(농사를 짓는 사람은 천하의 근본이다)'이라는 말이 있지 않은가? 로마가 번성할 수 있었던 것도 풍부한 식량 덕분이었을 것이다.

고대 역사를 보여주는 로마 공회장

원형경기장(콜로세움)을 뒤로 하고 로마 공회장(포로 로마노, Foro Romano)에 들렀다. 로마 공회장에는 수많은 신전들이 세워져 있는 데다 엄청난 규모의 원로원 건물들이 웅장한 자태를 뽐내며 서 있고, 시저가 "브루투스, 너마저도!"라고 부르짖으면서 죽어간 궁정도 있었다. 고대 역사를 느낄 수 있는 또 하나의 유적지다.

그 많던 신전들은 그리스도교화되면서 모두 성전으로 바뀌었다. 예수님의 힘이 얼마나 강력했는지 알 수 있었다. 수많은 신들을 일거에 없애 버리고 세계 최강국이었던 로마 중심부에 당신의 나라를 세우셨다.

로마 공회장을 둘러보면서 온갖 잡신을 섬기고 황제를 신으로 모신 로마를 그리스도교로 개종시킨 사도 베드로와 사도 바오로가 더 위대하게 느껴졌다. 포로 로마노 광장 가운데 서니 사도 시대는 불가능한 일을 가능하게 한 성령의 시대라는 생각이 들었다.

네오까떼꾸메나또
(Neocatecumenato)

생태마을을 찾는 교우들에게 좋은 기도 방법을 알려주기 위해서 전통이 오래된 유럽 교회의 전례와 기도모임에 참석해 보고 싶었다.

로마에 도착해 보니 몬테카시노 베네딕도 수도원과 수비야코 수도원, 밀라노의 암브로시오 전례, 그리고 프랑스의 떼제, 독일의 환경도시 프라이부르크에 대한 계획표가 열 장이 넘게 일목요연하게 짜여 있었다. 로마의 성모회장다운 진면목을 보여준다. 문 신부의 별명이 하나 더 있다. '문 마리아!'

문 신부가 어디엔가 전화를 열심히 하더니 교황청에서 허락한 기도회를 볼 수 있다는 기쁜 소식을 전해 주었다. '네오까떼꾸메나또' 라는 기도회 모임이다.

지금 한국 가톨릭교회는 그리스도인이라는 이름은 가지고 있지만 훌륭한 순교 성인들 뒤따라가려면 한참 멀었다. 어른들을 중심으로 여러 가지 기도 운동이 전개되고 있긴 하지만 초등학생이나 중·고등학생, 그리고 청년들에게서 기도와 찬미의 신앙생활은 찾아보기 힘들다.

주일학교에서도 기도는 뒷전이고 단순히 아이들을 성당으로 끌어들이기 위한 일회성 이벤트에 치중하는 재미 위주의 교육이 너무 많다. 은총시장이나 여름 신앙학교가 그렇다.

특히 여름 신앙학교 교육 내용을 보면 마음이 아프다. 각 성당마다 여름철에 많은 예산을 들여서 산 좋고 물 좋은 곳으로 신앙학교라는 이름하에 교육을 떠난다. 피정은 실시하지만 신앙을 북돋우는 내용은 별로 없다. 여름철이니까 한번 신나게 놀아보자는 식이다. 세상 사람들이 가는 여름 캠프와 별다를 것이 없다.

아이들이 특히 좋아하는 것은 '귀신놀이'다. 대부분의 성당이 모양새는 조금씩 다르지만 선생님들이 깜깜한 밤에 무덤 근처에서 하얀 천을 뒤집어쓰고 아이들을 공포의 분위기로 몰아넣고 좋아라하는 교육을 한다. 때로는 군대도 아닌데 극기 훈련도 한다.

하느님을 믿는 공동체에서 '귀신놀이'나 '극기 훈련'을 한다는 사실은 참으로 어처구니없는 일이다. 이렇게 '귀신놀이'를 6년 하고 나면, 하느님과는 친해질 수가 없고 귀신과 더 친해져서 중학교에 들어가면 더 이상 하느님이 계신 성당에는 안 나오고 귀신과 어깨동무하고 세속으로 나가 버린다.

    교육 일정을 만드는 교사들이 신앙으로 무장되어 있다면 상상도 할 수 없는 교육 내용이다. 성당에 와서 아이들이 재미있으면 그만이라는 세속적인 생각에서 신앙의 본질을 흐리는 경우가 있다. 물론 열심히 교리 준비하고 신앙 교육하는 주일학교 선생님들도 많지만 전문적인 장기근속 교리 교사가 그리 많지 않다.

    매년 여름이면 생태마을에 오는 개신교회가 있다. '모래네 교회'이다. 올 여름에도 다녀갔는데 초등학생부터 중·고등학생까지 다 합쳐서 인원은 35명이었다. 이들의 교육 내용은 천

주교회와는 달리 2박 3일 동안 기도와 찬미, 성경 공부가 전부다. 인솔자인 전도사님에게 이번 신앙학교는 어땠느냐고 물었더니 신념에 찬 목소리로 "은혜 많이 받고 갑니다."라고 대답했다.

여름 신앙피정 교육 내용이 조금만 흥미 없어도 재미없다고 불평하는 천주교 주일학교 아이들과, 2박 3일 동안 기도만 하고 돌아가는 개신교 아이들과 신앙의 차이가 점점 벌어지는 현상은 당연한 결과이리라.

생태마을에서는 가급적이면 신앙의 맛, 기도의 맛을 들이기 위해서 여러 가지 기도에 도움이 되는 기도회를 진행하고자 떼제기도를 시작했고, 이제 네오까떼꾸메나또 기도를 배우기 위해 교황청에서 허락한 본당으로 간다.

사랑의 공동체, 이탈리아의 성 가정

우리를 안내해 준 친구는 사베리오라는 젊은 친구였는데, 이제 막 교합 부분 전공을 마친 예비 치과의사였다. 스물다섯 살 청년으로 모래네 교회 전도사처럼 열정적인 신앙생활을 하는 친구이다. 칼라브리아 지방(이탈리아 남부지역)의 작은 본당에서 문 신부가 방학 때 본당 사목을 도와주며 인연을 맺었다는데 문 신부를 무척이나 좋아하는 눈치였다.

사베리오는 저녁 여덟 시에 시작되는 기도회에 가기 전 우리를 자기 집 저녁식사에 초대하였다. 집에 도착하자 온 가족이 환대를 해 주었다. 공무원인 아버지, 우체국에 다니는 어머니, 그리고 고등학교 마지막 학년을 다니는 동생 안드레아가 한 가족이었다. 안드레아는 우리나라 여느 고등학생과 똑같은 모습이었다. 아버지는 사춘기를 보내는 안드레아를 징글맞고 끔찍하다고 말한다.

저녁식사에 안드레아가 자기 여자친구를 데리고 왔는데 이름이 데보라였다. 중학교 3학년쯤 되어 보였는데 불그스레한 사과빛 볼에 갸름한 얼굴이 눈부시게 예뻤다. 줄리엣의 나라라고는 하지만 예쁜 아이들이 별로 안 보였는데 데보라를 보니 '정말! 줄리엣이 이렇게 예뻤겠구나!' 하는 생각이 들 정도였다. 열여섯 이팔청춘 아가씨였다. 데보라가 우리와 함께 초대된 것도 새로웠지만 열 살쯤 되어 보이는 데보라의 여동생 데니스도 함께 온 게 더 신기했다. 엄마는 한 살 난 아기를 돌보느라고 데니스까지 돌볼 수 없기 때문에 언니인 데보라가 돌보는데 어디 맡길 데가 없어서 어쩔 수 없이 데리고 온 모양이었다.

안드레아 부모님은 집에 초대된 이 두 아가씨에게 최대한 친절하게 대해 주었다. 데니스도 참 예쁜 아이였고, 얼떨결에 초대된 식사에 동양 신부 둘이 앉아 있으니 신기했는지 행동이 사뭇 진지하고 조심스러웠다.

안드레아는 부모님이 앞에 있는데도 데보라 옆에 앉아 연신 어깨를 만지는 애정 행각을 거리낌없이 한다. 우리나라에서 그랬다가는 부모가 "머리에 피도 안 마른 게 하라는 공부는 안하고 딴 짓만 한다."고 화가 나서 자식을 두들겨 팼을 텐데, 사베리오 부모님은 약간의 걱정과 자랑스러움이 섞인 눈으로 바라보고 있었다.

문 신부 이야기로는, 이탈리아가 남녀관계가 복잡한 것 같아도 여자친구나 남자친구가 생기면 학교에서나 가정에서나 공개적으로 사귄다고 한다. 가톨릭 국가여서 낙태를 할 수 없기 때문에 아이가 생기면 낳아서 기르고 돈을 벌어 집을 구하면 바로 결혼을 한단다.

식사를 기다리는 동안 사베리오는 우리를 자기 방으로 안내하여 2005년 독일 세계 청소년대회에 참가한 사진을 컴퓨터에서 보여주었다. 거기에는 사베리오, 사베리오의 약혼녀인 발렌티나, 안드레아, 데보라가 함께 있었다.

중·고등학교 때 수원 조원성당에서 학생회 활동을 하던 생각이 났다. 그때는 성당이 삶의 전부였고 성당 다니는 친구, 형, 누나, 동생들이 서로 한 가족처럼 지냈는데 이탈리아도 그런가 보다.

사베리오의 약혼녀가 도착하자 저녁식사가 시작되었다.

문 신부가 나는 신경도 안 쓰고 사베리오의 가족들하고만 이탈리아어로 뭐라고 즐겁게 떠들어대니까, 사베리오는 영어로 나에게 계속 상황을 설명해 준다.

손님인 나와 문 신부 그리고 사베리오와 약혼녀, 안드레아와 여자친구, 그녀의 여동생까지 모두가 사랑의 공동체가 된 듯한 착각에 빠질 정도로 웃음과 대화로 행복한 순간을 엮어나갔다.

생화학 실험실에서 일한다는 사베리오의 약혼녀 발렌티나는 소매를 걷어붙이고 사베리오 어머니를 도와 음식 나르는 일과 설거지를 척척 해냈다. 마치 우리나라 예비신부들이 시댁에 가면 시어머니 일을 돕듯이 이 아가씨도 예비시어머니를 거든다. 성서에 "덕을 갖춘 아내는 남편의 기쁨이며 남편은 평화롭게 그 생애를 마칠 것이다. 좋은 아내는 큰 행운이다."라는 말이 있듯이 사베리오의 약혼녀도 그렇게 보였다.

서로를 바라보며 쉬지 않고 조몰락거리기에 바쁜 안드레아와 데보라는 철없어 보였지만……

식사가 나오기 시작하는데 위가 감당할 수 없을 만큼 많이 나왔다. 평생 처음으로 스파게티를 먹어보았다. 40년 동안 살면서 한 번도 스파게티를 먹어본 적이 없었다. 처음 먹어본 스파게티는 내 입맛에 딱 맞았다. 매콤하고 달콤한 양념이 면 맛을 한껏 돋우어 주었다. 스파게티 종류가 200가지나 된단다.

이탈리아 사람들도 음식을 즐겨 권한다. 못 먹겠다고, 안 먹는다고 해도 어머니가 연신 웃으면서 더 먹으라고 권한다. 맛있는 음식이 목구멍까지 찼다.

식사가 끝나고 서둘러 성당으로 향했다.

사베리오 가족과 초대된 아가씨는 물론 데니스라는 아이까지도 저녁미사를 겸한 기도회에 참석했다. 성당에 가족이 함께 손을 잡고 갈 때 기분이 좋아지고 뿌듯해지는 이유는 온 가족이 신앙의 끈으로 이어졌기 때문일 것이다. 이들이 바로 마리아와 요셉과 예수님을 닮은 성가정이었다. 거기다가 여자친구까지 성당으로 향하니 보기 좋았다.

뜨거운 신앙의 열기가 가득한 기도회

휴가 기간이라 사람들이 별로 없다고 했는데, 성당에 도착해 보니 150여 명이 넘게 기도하러 모였고 신부도 다섯 명이나 와 있었다. 그날은 마침 '쌔신부(나는 새로 서품받은 신부를 부를 때는 새신부라고 하지 않고 늘 쌔신부라고 부른다)'가 첫 미사를 드리는 날이었다. 성령의 은총을 듬뿍 받은 미사였다.

미사가 시작되자 놀랍게도 저녁식사 때 한마디도 안 하고 그렇게 쑥스럽게 앉아 있던 데니스가 성가대 악단의 북치는 소녀가 되는 것이 아닌가? 어른들이 기타와 북 그리고 탬버린을 칠 때 데니스도 맨 앞자리에 앉아서 성가 박자에 맞춰 북을 쳐대는 모습이 너무 예뻐 그 아이에게서 눈을 뗄 수가 없었다.

미사에 참석한 구성원은 특정 계층 한 부류가 아니라 한 살 아이부터 여든 살 노인까지 골고루 분포되어 있었다. 아이를 안고 온 젊은 부부들, 초등학생들, 중·고등학생들, 청년들, 정장 차림을 한 아가씨들, 그리고 장년들 모두가 공동체를 이루

어 찬미의 미사를 봉헌하였다. 악단에 앉아 있는 사람들 중에
는 데니스 나이만한 또 다른 남자아이가 어른들과 호흡을 맞
춰 기타를 치고 있었다.

기타 일곱 대, 북 세 대, 탬버린 세 대가 이루어내는 화음과
교우들이 중간 중간 박수를 치면서 부르는 성가 소리가 성당
을 찬송의 도가니로 몰아넣었다. 어느 누구 하나 할 것 없이
목소리를 높여 성가를 불렀다. 뜨거운 신앙의 열기가 느껴졌
다. 정말이지 풍성한 잔칫집 분위기였다.

전례는 제대에서 미사를 봉헌하는 사제 중심이 아니고 미사에 참석하고 있는 교우들 중심이었다. 독서자가 독서를 낭독한 후 독서에 대한 느낌을 말하고, 복음 낭독 후에는 열 명이나 되는 교우들이 성서 말씀에 느낀 점을 말했으며, 보편지향 기도도 20여 명이 자유 기도로 했다.

한국에서는 피정 마침미사 중에 보편지향 기도를 자유롭게 하라고 하면 서로 옆 사람 허리를 쿡쿡 찌르고, 쿡쿡 찔린 사람은 기도하기 싫다고 고개를 절레절레 흔든다. 심지어는 신경질까지 부린다. 한국 교우들은 기도할 줄 모르는 것인지 기도해 본 적이 없는 것인지 양보심이 많은 것인지 헷갈린다.

성서 묵상 나누기를 하는데 어른들만 하는 것이 아니라 고등학생으로 보이는 남자아이가 일어나서 사뭇 진지하게 자신의 느낌을 이야기한다.

성당은 가기 싫은데 부모에게 등 떠밀려 억지로 나가서 성당 기둥 한쪽에 잘 보이지도 않게 쭈그려 앉은 채 고개 숙이고 성가도 안 부르고 입 다물고 있다가 집으로 돌아가는 우리나라 주일학교 아이들 모습이 떠올랐다.

쌔신부의 강론은 2분도 채 안 되고 나머지 시간은 교우들 묵상 나누기였다. 쌔신부는 미사 경문을 노래로 했는데 맞는 것 같기도 틀리는 것 같기도 한 아주 아리송한 음정으로 아슬아슬하게 성찬기도를 했는데도 거룩하고 아름다웠다.

거의 두 시간이나 되는 기도회 시간이 어떻게 지나간지도 모르게 빠르게 지나갔다. 전혀 지루하지 않았고 나도 모르게 가슴에서 불덩어리 같은 성령의 힘이 치솟아 올랐다.

평창에서는 매주 토요일 저녁 일곱 시부터 열 시까지 떼제기도를 한다. 기도에 참가하는 사람들은 처음에 어떻게 세 시간이나 기도를 하느냐고 투덜거린다. 그러나 노래하고 춤추고 묵상하고 십자가 경배를 하다 보면 어느새 세 시간이 훌쩍 지나가 버린다. 처음에는 투덜거리던 사람들이 기도가 끝났는데도 일어날 생각을 하지 않는다. 더 기도하고 싶다고 십자가 앞에 머무른다. 교우들은 기도하는 방법과 기도의 맛만 들여 주면 행복해 한다. 그러나 기도하는 방법도 기도의 맛도 느끼지 못하면 단 10분을 앉아 있어도 한 시간을 앉아 있는 것 같은 지루함을 느낀다.

미사가 끝나자 모든 참석자들은 제대를 중심으로 원을 그리며 손을 맞잡고 점잖은 본당 신부와 함께 춤을 추면서 기도회를 끝맺었다. 이들은 미사 직전에 멀리서 찾아온 우리 일행을 모두에게 소개해 주는 따뜻함도 잊지 않았다.

밤 열두 시가 다 되었는데도 사베리오는 우리를 다시 자기 집으로 데리고 간다. 어머니가 직접 만든 젤라또(아이스크림의 이탈리아 말)를 먹고 새벽 한 시가 다 되어서야 기숙사로 돌아왔다.

　네오까떼꾸메나또(Neocatecumenato)는 현대인들의 심성에 맞게 만들어진 기도로, 성 필립보 생태마을의 기도 시간에도 상당히 도움이 될 것 같다.

안식일

"열심히 일한 당신 떠나라!"

사람은 힘든 노동에서 벗어나 쉴 때 행복하다.

하느님도 6일 동안 세상을 창조하시고 7일째 쉬셨다.

놀 줄 아는 사람이 일도 잘한다. 잘 놀고 잘 자고 잘 먹고 잘 싸는 학생이 신학교 생활 제일로 잘하는 신학생이라고 한다. 고민이 있으면 잠도 못 자고, 밥도 제대로 못 먹는다. 먹고 자는 일이 순조롭지 않으면 그 다음 작업은 당연히 힘겹다. 온갖 쓸데없는 걱정을 안고 사는 신학생이 잘 논다는 것은 꿈도 꿀 수 없다.

동창 신부 중에 최경남 신부는 어떻게 하면 재미나게 놀 것인가를 궁리하는 신부인데 본당 사목도 척척 잘한다. 최 신부를 보더라도 잘 놀고 잘 쉬는 신부가 사목도 잘하고 교우들과 관계도 좋다. 특히 정신세계를 갈구하는 사제가 쉼이 부족하면

자칫 금욕주의에 빠져 자기뿐 아니라 주위 사람들까지 힘들게 한다. 내가 화장실 간다고 일어나면 교우들이 농담이겠지만 "신부님들은 화장실에도 안 가는 줄 알았어요." 라고 말한다. 사제는 매일 기도하고 고행해야 한다는 고정관념을 버려야 한다. 1년 365일 가운데 300일 쉬지 않고 강의하는 나에게 웃고 떠들고 쉬는 일은 중요하다.

여행사에서 준비한 성지순례 일정표를 보면 24시간이 빡빡하다. 나는 "순례 중간에 조용히 앉아서 묵상하고 숨도 쉴 시간을 주세요!" 하면서 일정표를 다시 돌려보낸다. 여행을 하면서도 중간 중간 쉬어야 한다. 새벽 5시부터 여기저기 구경 다닌다고 돌아다니다가 밤 열 시에 호텔로 들어가서 자면 이게 무슨 여행인가?

트레비 분수와 나보나 광장의 휴일

오늘은 주일이라 아무 데도 나가지 않고 오전 미사 봉헌 후 하루 종일 기숙사에서 쉬었다. 저녁이 되어서야 트레비 분수와 나보나 광장을 다녀왔다.

트레비 분수. '로마의 휴일' 촬영 장소로, 분수를 향해 등 뒤로 동전을 던져 넣으면
소원이 이루어진다는 말 때문인지 젊은 남녀들이 열심히 동전을 던지고 있었다.

지하철을 타고 시내로 나갔는데 지하철이 더럽고 불편하기
그지없다. 로마에는 지하철 노선이 두 개밖에 없다. 지하에도
유적이 많아서 지하철을 건설할 때 유적을 피해 지하선로를
만드느라 곡선 선로가 많다. 어떤 곳은 곡선이 너무 심해서 바
퀴 마찰음에 고막이 찢어질 지경이다. 사람들은 귀를 두 손으

로 꼭 막는다. 이탈리아 사람들은 잘도 참는다. 한국 같으면 벌써 인터넷에 띄우고 방송에서는 부실공사니 뭐니 하면서 난리가 났을 텐데 이곳 사람들은 2천 년 된 도시에서 산다는 죄로 잘도 참는다. 버스 기사들은 시간표를 지키는 법이 없다. 사회기반시설은 우리나라가 훨씬 잘 되어 있다.

한국은 정류장 안내판에 버스 운행 상황이 뜬다. '9000번 광화문 행, 3분 후 도착.' 해외에서 온 동포들이 모두 혀를 내두르며 감탄한다. 이탈리아가 부러운 면도 많지만 우리나라보다 못한 면들도 많다. 정보통신 세계 1위 나라 위엄을 못 따라오는 나라들이 수두룩하다. 해외 강의와 아프리카 선교 지원하느라 50여 국가를 다니다 보니 한국이 얼마나 대단하고 좋은 나라인지 갈수록 뼈저리게 느낀다. 물론 고쳐야 할 부분도 많지만 완전히 희망이 없는 나라이거나 부끄러운 나라는 절대 아니다.

트레비 분수에는 '로마의 휴일' 촬영 장소여서 그런지 연인들이 엄청나게 많았다. 등 뒤로 분수에 동전을 던져 넣으면 소원이 이루어진다는 말이 있어 젊은 남녀들이 뒤로 돌아선 채로 열심히 동전을 던지고 있다. 뭘 비는지는 모르겠지만 동전 하나 던져 넣고 바라는 건 엄청날 거다. 결혼, 취직, 임신, 아파트 당첨, 대학 합격 같은 게 얼굴에 쓰여 있다. 그렇게 많은 사람들이 모일 수 있는 이유는 '로마의 휴일'이라는 영화에 나

베네치아 광장 중앙에 있는 통일기념관.
이탈리아를 통일한 초대 국왕 비토리오 에마누엘레2세를 기념하기 위해 세워졌다.

온 오드리헵번의 힘이다.

일본 관광객들이 배용준이 주연한 '겨울연가'에 나오는 준상이네 집 보러 계를 모아서 춘천까지 오는 걸 보면 참 드라마의 힘이 대단하다. 한국도 영화를 잘 만든다. 한국의 텔레비전 드라마는 중국의 무협 드라마와 비교해도 훨씬 훌륭하다. 중국 무협극 내용은 뻔하다. 휙휙 바람소리 내면서 공중을 날아다니고 원수 갚고, 울고 짜고 하는 것이 주된 내용이다. 그러나 '대장금' 같은 드라마는 인생이 있고, 재미가 있고, 문화가 있고, 사랑이 있다. 풍부한 감성을 지닌 한국 사람들의 감정이입이 드라마에 잘 묻어나고 있다.

군사정권 시절에는 너무 많은 제약이 있어서 예술계 사람들이 끼를 제대로 발휘하지 못했다. 세계 5대 거장 작곡가인 윤이상 씨를 2년 동안 교도소에 가둔 군사정권은 한심하기 이를 데 없다. 끼로 가득 찬 우리 예술인들의 손발을 군사정권 시절 내내 얼마나 묶어 두었던가?

요즘 한국 젊은이들이 맘껏 끼를 발휘하고 있어서 좋다. 우리 민족처럼 노래하고 춤추기 좋아하는 민족도 없다. 그 비좁은 관광버스 안에서도 들썩대고 일어나 신명나게 노래하고 춤추는 나라는 우리나라밖에 없다. 유명한 해외 관광지를 다녀봤지만 광장에서 "짠짠짠! 으히으히! 우헤우헤! 아싸아싸! 빠라빠빠! 꿍따리사바라 빠빠빠!" 하는 메들리 음악이 흘러나오는 곳도 대한민국밖에 없다. 천성적으로 끼가 넘치는 단군 할아버지의 후손들이다.

한국의 진오기굿(죽은 자의 혼을 위로하여 좋은 곳으로 보내는 굿)처럼 춤과 노래 그리고 시와 멋이 있는 종합 예술이 또 어디 있으랴! 단군 할아버지부터 이어온 이 엄청난 끼가 한류로 발전한 것이다. 한류는 앞으로도 전 세계를 무대로 쭈~~~욱 이어지길 바란다.

나보나 광장 이동 중에 천둥번개를 동반한 엄청난 소나기를 만났다. 우산이 없었던 문 신부와 나는 30분이 넘도록 길거리 판매대 아래서 오도 가도 못하고 비를 피했다. 시커먼 먹구름

속에서 수도 없이 번개가 번쩍이며 엄청난 양의 소나기를 뱉어냈다. 로마 사람들도 처음 보는 기상이변이란다. 아마 앞으로 사람들은 지구 도처에서 발생하는 듣도 보도 못한 끔찍한 기상이변들을 더 자주 보게 될 것이다.

영국의 BBC 인터넷 판은 기상학자들의 말을 빌려 2020년에는 지구 기후 시한폭탄이 터진다고 경고했다. 아니 이미 세계 곳곳에서 지구 기후 시한폭탄은 터지고 있다. 가뭄, 홍수, 지진, 해일, 내분비계 교란물질 출현, 오존층 파괴, 지구온난화는 앞으로 지구의 가장 큰 재앙이 되어 세상을 괴롭힐 것이다.

소나기가 지나간 뒤 목을 축이러 나보나 광장에 위치한 레스토랑에 들어갔다. 꽤 비싼 가격에도 불구하고 근사한 정장 차림을 한 노부부들이 많았다.

사랑하는 연인끼리 오면 딱 좋을 아름다운 음악이 흐르는 레스토랑에서 죽으나 사나 담배만 뻑뻑 피워대는 문 신부와 와인 한 잔을 앞에 두고 이탈리아에서 맞이하는 첫 번째 안식일을 보냈다.

베드로 대성당

로마 여기저기를 구경하면서 교황님 계신 바티칸시국을 열 차례는 더 지나쳤다. 시 한가운데에 위치한 베드로 성당 돔은 항상 볼 수 있었다. 베드로 성당에 들어서면 어떤 느낌이 들지 정말 궁금했다.

로마에 온 지 5일 만에 문 신부는 마침내 나를 베드로 성전으로 안내했다. 바티칸의 베드로 성전은 마술 속의 주인공처럼 로마에서 지내는 마지막 날 나에게 모습을 드러냈다.

아니나 다를까, 베드로 성전 광장에 들어서자 벌어진 입을 다물 수가 없었다. 순례객들도 나처럼 다 입들이 딱 벌어져 있었다. 이제까지 본 성전들은 세례자 요한의 역할을 했다. 라테라노 성전이 이렇게 말하는 것 같다.

"나 라테라노 성전은 베드로 성전 신발 끈을 풀어 줄 자격조차 없습니다."

광장 한가운데에 오벨리스크가 있고 광장 둘레에는 네 줄로 배열된 회랑 기둥이 있는데, 한가운데에서 보면 그 큰 회랑 기둥들이 네 개로 안 보이고 하나로 보인다. 천재 예술가 베르니니가 설계했다. 어른 다섯 명이 둘러싸도 맞잡을 수 없을 만큼 큰 기둥 네 개가 서로 겹쳐 보이지 않고 하나로 보이는 건 설명해도 모른다. 제자들이 예수님에 대해 자랑하고 궁금해 하니까 예수님 하신 말씀이 "와서 봐라!"였다. 직접 가서 보시라.

회랑 위에 세워진 성인들과 교황들 조각상은 광장을 압도한다. 광장 정면에 자리 잡은 성전은 예수님을 상징하고, 엄청난 규모의 둥그런 기둥들로 둘러싸인 회랑은 예수님이 팔을 벌려 만민을 끌어안는 형상이란다. 베드로 성전 광장이야말로 모든 인종과 민족, 남녀노소, 신분의 귀천 없이 누구나 예수님의 사랑스런 자녀로 초대받는 구원의 장소이다.

오벨리스크가 있는 광장 한가운데에 서니 만민이 모이는 집으로서 손색이 없다. 높은 담벼락도 없이 누구나 다 성전 앞마당에 들어올 수 있도록 열린 광장으로 설계되어 있다. 질서정연하게 광장을 안고 있는 284개의 대리석으로 된 회랑의 기둥과 기둥 사이는 누구나 지나다닐 수 있는 여유 공간이 있다. 성전 광장은 온 세상을 바라보며 시원스럽게 뚫려 있다. 건물 전체의 조형과 유기적으로 통일된 아름다움에 매료되어 세계 각국에서 찾아온 순례객들은 입을 딱 벌리고 사진을 찍느라고 정신이 없다.

베드로 성전 지붕에서 내려다본 광장. 천재 예술가 베르니니에 의해 설계된 것으로, 광장 정면의 성전 은 예수님을 상징하고 엄청난 규모의 둥근 기둥들 로 둘러싸인 회랑은 예수님이 팔을 벌려 만민을 끌 어안는 형상이다. 오른쪽 작은 사진은 바티칸광장 에서 바라본 베드로 성전 정면.

9.11테러 이후 보안이 강화되어 성당에 들어가려면 검색대를 지나가야 했다. 검색대를 통과하고 들어선 성전에는 20미터도 더 되어 보이는 큰 문들이 다섯 개가 있었다. 그 가운데 오른편 끝쪽 문은 25년마다 한 번씩 열리는 희년의 문이다. 예전에는 콘크리트 같은 것으로 살짝 씌워 놓고 교황님이 망치로 치면 희년을 알리는 아름다운 문이 열렸는데, 희년 문을 덧씌운 콘크리트 조각들이 떨어지며 교황님이 다칠 뻔한 사고가 발생한 뒤로 그런 예식은 없어졌다 한다.

인류의 위대한 유산, 베드로 성전

성전에 들어서니 입구 천장에 새겨진 문양에서 눈을 뗄 수가 없었다. 사람이 어떻게 저 높은 천장에 박쥐처럼 거꾸로 매달려서 작품을 완성할 수 있단 말인가! 마치 날개 달린 천사가 하늘을 오르내리며 그려낸 것 같았다.

성전 입구 바닥에는 186.3미터라는 숫자가 적혀 있다. 그 앞으로도 숫자들이 새겨져 있는데, 각국에 있는 큰 성당의 길이를 나타내는 것이라고 한다. 베드로 성전이 세상 모든 성전 가운데 가장 크고 길다. 성당 내부 길이만 봐도 성전 입구에서 제대 뒤쪽까지 100미터 달리기를 숨이 차도록 하고도 86미터나 더 달려야 한다. 최대 6만 명이 들어갈 수 있는 성전이다. 잠실야구장에 3만5천여 명이 들어가니까 잠실야구장 두 배 크기라고 생각하면 된다. 그 넓은 성전 전체가 온통 조각품과 그림으로 가득 차 있었다.

성전 입구 오른편에는 미켈란젤로가 친히 서명까지 해서 제작한 피에타상이 있다.

아우구스티노 수도회 신부인 루터가 교황청의 베드로 성전 건축과 뜻을 함께 할 수 없다며 가톨릭교회를 뛰쳐나가 스스로 protestant(반항아)가 된 아픔의 역사는 있었지만 베드로 성전은 인류의 위대한 유산이다.

성전 입구 오른편에는 미켈란젤로가 친히 서명까지 해서 제작한 피에타상이 있다. 아주 젊고 아름답게 표현되어 있는 성모님을 보고 미켈란젤로의 제자가 물었다. "성모님을 왜 아들보다 훨씬 더 젊게 표현했느냐?" 미켈란젤로는 "예수님의 어머니는 순결의 상징이고 구세주의 어머니이기 때문에 나이를 초월해서 가장 아름답게 표현했다."고 대답했단다.

예전에 어떤 정신 나간 젊은이가 예수님을 안고 있던 성모님의 손가락을 망치로 내려쳐서 손가락 일부가 떨어져 나갔다. 교황청은 부서져 나간 가루를 하나도 버리지 않고 떨어진 조각들을 모아서 흠집 하나 없이 다시 완전하게 복원하였다. 복원된 피에타상은 이제 유리벽에 보호되어 있어 만질 수는 없지만, 어머니 품에 안겨 안식을 누리는 예수님의 모습이 십자가에 매달려 계실 때보다 훨씬 편안해 보였다.

판테온 신전에 있는 청동을 떼어 와서 만들었다는 베르니니의 작품 '천개(네 기둥을 세워 제대 위를 덮는 곳)'는 바위 위에 세워진 교회를 지키려는 듯 제대 위쪽에 당당하게 서 있다.

성당 바닥부터 지붕 꼭대기까지 137미터나 되어 까마득하게 보이는 돔의 아름다움은 인간이 하느님에게 바칠 수 있는 최고의 정성을 모두 드린 것처럼 보였다. 어느 것 하나 소홀함이 없이 지어진 베드로 성전은 120년이라는 장구한 세월에 걸쳐 완성됐다. 그리고 지금도 합당한 조각가나 미술가가 나오면 계속해서 성전을 장식하고 있다고 한다.

베드로 무덤 위에 세워져 세계 교회의 총본산이 된 성 베드로 성전은 예수님 말씀대로 세상 끝날까지 반석처럼 굳건하게 서 있을 것만 같아 보였다. 베드로 사도는 67년 네로 황제 박해 때 체포되어 사형을 받았는데, 감히 스승과 같은 모습으로 순교할 수 없다며 거꾸로 매달려 순교한다. 거꾸로 매달려 피가 머리로 몰렸을 때 베드로 사도는 얼마나 고통스러웠을까. 스승

베드로 성전 돔 내부의 모습.

을 세 번이나 배반한 베드로는 그렇게 해서라도 스승에게 용
서를 청하고 싶었을 것이다.

　스승 뒤를 따른 베드로 사도의 시신이 바티칸 언덕에 묻혔
고 그 무덤 위에 교회는 세계 중심이 되는 성당을 지었다. 베
드로 사도의 무덤이 무척 보고 싶었으나 수리중인지 출입을
통제해서 참배할 수 없었다.

성당을 둘러보고 난 뒤 죽어도 올라가기 싫다고 버티는 문 신부를 강제로 끌고 성당 돔(둥근 지붕) 꼭대기에 올라갔다. 말이 돔이지 40층짜리 아파트 꼭대기를 계단으로 걸어 올라가는 등산 코스였다. 돔을 빙 둘러 계단이 있어 꼭대기까지 계속 오를 수 있었다. 돔을 오르다 보니 문 신부가 왜 안 가겠다고 버텼는지 이유를 알 것 같다. 턱까지 숨이 차고 다리가 뻐근했다. 문 신부는 나 때문에 알통이 배겼다고 그날 이후 며칠 동안 엄살을 피웠다.

정상에 올라 내려다본 베드로 성전 뒤쪽에는 교황님 정원이 있고 앞쪽은 구도가 잘 잡힌 한 폭의 그림처럼 아름다운 광장이 펼쳐져 있다. 돔 꼭대기가 얼마나 높은지 광장에서 입을 딱 벌리고 감상하는 사람들이 개미처럼 보였다. 거룩한 돔 꼭대기에는 세계 각국에서 온 젊은이들이 사랑이 이어지기를 바라는 마음으로 이름을 적어 놓았다. 각국 문자로 쓰인 이름들은 영어가 대부분이었지만 한글로 쓴 남녀 이름도 여기저기 눈에 띄었다. 로마 베드로 대성전 돔까지 와서 이름을 남겼으니 모든 연인들이 검은 머리 파뿌리 될 때까지 '서로 사랑' 했으면 좋겠다.

원형경기장, 개선문, 테베레 강과 어우러진 고대 로마의 모습을 시원하게 담으며 끊임없이 감탄했는데도 불구하고 이제까지 감탄한 베드로 성전은 시작에 불과했다.

바티칸 박물관의 놀라움이 끝나기도 전에 시스티나 성전으로 향하는 복도에서 만난 라파엘과 미켈란젤로의 작품 앞에서 또다시 그 화려함과 장중함에 입이 또 한번 딱 벌어졌다. 시스티나 성전으로 들어가는 입구는 벚꽃이 떨어지는 꽃비 속을 걷는 듯 착각에 빠지게 했다. 순간적으로 벚꽃이 만발한 여의도 윤중로가 생각났다.

시스티나 성전의 주인공인 미켈란젤로는 아흔 살까지 베드로 성전 짓는 데 온갖 정성을 다 들였다. 미켈란젤로는 원래 조각가였지만 그림에도 천재적 재능을 가지고 있었다. 교황님 지시로 예루살렘 성전과 똑같은 200평 크기로 시스티나 성전을 지은 후 천장에 벽화(프레스코화)를 완성한 후 목이 꺾였다고 한다. 목이 꺾일 정도로 혼과 정성을 들여 그린 그림이 '천지창조'이다.

미켈란젤로, 다비드 상

미완의 면류관

시스티나 성전으로 들어가는 입구에는 섬유예술(태피스트리) 작품들이 걸려 있었다. 온갖 화려한 색채로 꾸며 눈이 휘둥그레졌지만 유독 예수님 부활 장면을 표현한 작품이 눈길을 사로잡았다.

무덤 입구를 막았던 돌을 열어젖히고 양 팔을 펼치며 부활하시는 장면을 섬유예술로 표현했는데, 눕혀져 있는 돌이 내가 움직이는 방향으로 따라오고 있는 게 아닌가! 몇 번을 되풀이해 봐도 같은 느낌이었다. 그림이란 게 평평한 도화지에 그리는데도 멀고 가깝게 느껴진다. 모나리자를 보면 어느 방향에서 보든지 나를 뚫어지게 쳐다보며 미소 짓는다. 모나리자한테 홀려 눈을 뗄 수가 없다. 그림만 신비로움을 연출하는 줄 알았는데 실로 엮어 원근법을 표현한 걸 보면서 한국에서 만난 한 분이 떠올랐다.

내 가슴을 뛰게 한 예술작품

경기도 광주 능평성당 본당 신부 때 일이다. '마가 미술관'의 송기쁨 학예사(큐레이터)의 초대로 전시회에 갔다. 벽에 걸린 그림들은 대부분 섬유예술품(태피스트리)이었는데 한 작품 앞에서 나는 돌같이 굳어 버리고 말았다. 발을 뗄 수도, 눈을 뗄 수도 없었다.

가슴이 너무나 쿵쾅거렸다. 예술 작품을 보고 감정을 주체할 수 없었던 것은 경주 불국사 뒷산 토함산에 올라서 아침 햇살에 비치는 부처님을 본 이후 내 생애 두 번째 일이었다.

서울 올림픽을 개최하던 1988년 9월 보름 동안 기차여행으로 전국일주를 했다. 청량리에서 출발해 강릉을 거쳐서 푸른 빛이 넘실거리는 동해안을 따라 여행하다가 신라 천년 고도 경주에 들렀다. 왕릉과 불국사를 돌아보고 다음날 이른 아침 토함산에 올랐다. 아침 햇살에 비치는 석굴암을 보고 난 뒤 내 조국의 깊은 속살을 뜨겁게 느꼈다.

석굴암 본전 불상과 마주했을 때 나는 그만 얼어붙고 말았다. 부처님은 당당하지만 부드러운 미소로 동해를 지그시 바라보고 계셨다. 모든 걸 다 받아줄 것 같은 온화한 표정 앞에서 가슴 깊이 숨겨 놓았던 인생살이를 털어놓고 싶었다. 부처님의 그윽한 눈매를 보니 인생의 어두웠던 시절을 이야기해도 다 알아듣고 이해해 주실 것 같았다. 아기 손등보다 더 부드러운 부처님 얼굴을 손으로 어루만져 볼 수만 있다면 그 느낌만으로도 충분히 위로받을 수 있을 것 같았다.

그 후 20여 년 동안 내 영혼을 사로잡는 예술 작품을 못 만났는데 송번수 교수 작품을 보고 석굴암에서 느낀 감동이 되살아났다. 가시가 천을 뚫고 올라오는 작품이었는데 내 삶을 관통하는 느낌이었다. 인생살이에서 말로는 다 표현하지 못했던 아픔이 한꺼번에 심장을 뚫고 밀려나오는 듯한 착각에 빠질 지경이었다.

능평성당을 지을 준비를 하고 있었는데 하늘에서 내 영혼을 향해 "저 가시를 성당에 걸어라." 하는 소리가 들려왔다. 단 1분도 지체하지 않고 작품을 만드신 교수님에게 달려가 "1년 후에 성당을 지을 건데 이 작품을 걸고 싶다."고 말씀드렸다. 느닷없는 제안에 얼떨떨해하거나 말거나 막무가내로 내 의지를 전달하고 전시실을 떠났다.

그리고 1년 후 나는 미술관을 찾아가서 소원을 다시 말씀드렸고 교수님은 너무도 흔쾌히 청을 들어 주셨다. 더욱 놀라운 사실은 내가 상상하고 있었던 면류가시관과 똑같은, 조금 더 정확하게 표현하자면 예술적 혼이 더 깃든 작품을 교수님이 밑그림으로 가져왔다.

교수님은 값으로는 도저히 따질 수 없는 작품을 무상으로 봉헌해 주셨다. 1년에 걸친 고된 작업 끝에 가로 4미터, 세로 4

천주교 수원교구 능평성당 제대 정면에 모셔진 '미완의 면류관'.

미터의 대작 '미완의 면류관'을 완성하여 능평성당에 손수 걸어 주셨다.

나중에 안 사실이지만 내가 보고 감동을 받은 작품 '절망과 가능성'은 헝가리 부다페스트 수도 설정 1천 년을 기념하기 위해 열린 세계 섬유예술전에서 심사위원 전원일치로 대상을 받은 작품이었다. 내 그림 실력은 초등학생 수준인데 작품 보는 눈은 심사위원 수준인가 보다.

완성된 작품 '미완의 면류관' 앞에서 새벽 세 시까지 술을

능평성당 전경.

거나하게 마시며 손을 맞잡고 노래하고 춤추었던 시간은 행복이었다. 베드로 성전 돔 공사 때 율리우스 2세 교황이 작품 값으로 백지수표를 주면서 원하는 액수를 쓰라고 했을 때 "하느님 집 지붕을 짓는데 무슨 돈을 받습니까? 천국 들어가는 입장권을 구입하는 기분으로 봉헌하겠습니다."라고 말한 미켈란젤로처럼 멋진 예술가와 내 인생에 잊지 못할 진한 밤을 보냈다.

세계 최고 예술가의 작품을 작지만 아담한 능평성당 제대에 걸어놓던 순간은 내 생애에 다시없을 영광과 기쁨으로 손꼽힐 것이다.

감히 말하지만 시스티나 성전 입구에 걸려 있는 여느 섬유 예술품과 비교해도 결코 뒤지지 않는 작품을 능평성당에 걸어놓을 수 있도록 '미완의 면류관'을 봉헌해 주신 송번수 교수님에게 다시 감사한 마음을 느끼면서 시스티나 성당으로 향했다.

시스티나 성당

미켈란젤로의 최고 작품인 시스티나 성당에 들어갔다.

신구약성서에 통달했던 미켈란젤로는 천지창조부터 예수님 부활하시는 장면까지 실감나게 그렸다. 작품 안에는 391명이나 되는 성서 속의 인물이 성전 천장과 벽면에 그려져 있다. 인물 하나하나 표정과 손짓, 눈빛이 각기 달랐고, 말하고자 하는 의지도 다 달라 보였다. 하느님께서 아담에게 생명을 불어넣는 그 유명한 손가락 마주 잇기 장면에서는 해부학을 연구한 미켈란젤로답게 아담의 불끈 솟아 있는 허벅지 근육에서 실핏줄 안으로 피가 흐르는 것처럼 보였다.

그림을 그리라고 명령한 교황 율리우스 2세도 미켈란젤로가 성전 천장에 그림을 그리는 작업이나 진행하는 모습을 볼 수 없었다. 1508년 시스티나 성전 문을 걸어 잠그고 시작한 그림은 4년 만에 완성했다. 천장에 그림을 그리는 동안 떨어지는

'천지창조(The creation of Adam)', 미켈란젤로(1511년 작).

물감들 때문에 미켈란젤로는 눈병이 걸리고 관절염과 목 디스
크까지 걸린다.

천재였던 미켈란젤로는 결혼도 할 수 없을 만큼 추남이었다
고 한다. 외모가 추하면 마음도 삐뚤어지기 쉬운데 미켈란젤로
는 못생긴 얼굴 이면에 아름다움에 대한 갈망이 있었던 모양
이다. 하느님의 성전을 90살이 되기까지 꾸몄던 미켈란젤로의
마지막 모습은 도가 트인 노인 얼굴이다.

아무리 못생긴 사람일지라도 삶을 멋있게 살면 모습이 아름
답게 변하는 모양이다. 나도 20대 때 얼굴이 씹다 뱉은 수제비
같이 생겼다. 하지만 모든 일을 긍정적으로 생각하고 살아온
결과 요즘은 약간 어색하게 들리기는 하지만 잘생겼다는 이야

기를 종종 듣는다. 못생긴 얼굴도 항상 웃으면 멋져 보인다더니 그 말이 맞나 보다. 아니면 사람들이 마음이 짠해서 그냥 위로로 하는 말인데 내가 착각하는 건가! 영혼이 아름다운 미켈란젤로 덕분에 세계는 아름다운 유산을 소유하게 되었다.

시스타나 성당을 돌아보면서 한가지 아쉬운 점이 있다면 사람들이 너무 많아서 작품 하나하나, 인물들 표정 하나하나를 읽지 못하고 느끼지 못해 강렬한 여운을 간직하지 못한 것이다.

시스티나 성전을 순례하고 나오는 길에 1402년에 그려놓은 세계 지도가 있어 들여다보았더니 우리나라를 일본과 같이 섬

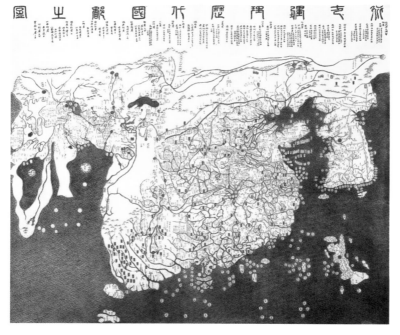

1402년 조선시대 태종 때 완성된 혼일강리역대국도지도.
현존하는 가장 오래된 아프리카 · 유라시아 지도로 중국은 어마어마하게 크게 그린 반면 일본은 우리나라보다 훨씬 작게 그려져 있다.

나라로 그려 놓았다. 하기야 똑같은 시대 조선에서는 중국은 어마어마하게 크게 그리고 일본은 우리나라의 5분의 1로 작게 그렸다.

세상을 똑바로 이해하려면 쨀쨀거리고 돌아다녀야 한다. 어머니는 어렸을 때부터 뱀띠인 나에게 "우리 막내아들은 뱀이 제일 많이 돌아다니는 저녁 무렵에 태어나서 저렇게 밤낮으로 싸돌아다닌다."고 말씀하셨다. 밥도 안 먹고 돌아다닌다고 빗자루로 맞기도 많이 맞았다. 하지만 아무리 몽둥이찜질을 당해도 확신이 있다. 사람은 세상을 돌아다녀야 시야가 넓어지고 올바른 판단도 할 수 있다. 내가 500년 전에 태어났다면 이탈리아까지 가서 지도 똑바로 그리라고 말했을 텐데. 아울러 선조임금에게는 일본은 쪽발이 나라도 아니고 남쪽 바다 끝에 매달려 있는 쓸개 같은 나라도 아니고 조선 전체보다 두 배 큰 나라라고 따끔하게 충고해 줬다면 임진왜란 같은 어처구니없는 침략은 당하지 않았을 것이다.

지금도 마찬가지다. 우리나라는 경제 규모가 1조 달러인데 일본은 6조 달러, 중국은 14조 달러이다. 인구도 우리나라는 5천만인데 일본은 1억 2천만이고 중국은 14억이다. 모든 면에서 일본과 중국보다 경쟁력이 있는 것도 아닌데 쪽발이 일본놈, 떼놈 중국놈 하며 무시하는 나라는 대한민국 사람밖에 없다.

산

로마를 떠난 기차는 해발 2천미터가 넘는 그란사소(granssaso, 엄청나게 큰 바위산) 산을 거쳐 페루자(perugia)로 가고 있다. 이탈리아를 다니다 보면 높은 산꼭대기에 아주 큰 성이 둘러쳐져 있고 성 아래에는 집들이 올망졸망 모여 있다.

산림 보호가 세계 으뜸인 우리나라에서는 산을 파헤치거나 훼손하여 산꼭대기에 멋진 집을 지으면 당장 뉴스에서 난리가 나겠지만 이탈리아는 산꼭대기에 너도나도 집을 짓고 산다. 이탈리아뿐 아니라 유럽 전역이 산에다 집을 짓고 산다. 미국은 산꼭대기로 갈수록 집 값이 비싸다.

동양인들은 산을 신성시하는 반면 실용주의자인 서양인들은 산을 이용해서 뭔가를 한다. 산에 집을 짓고 드넓은 평지에는 비옥한 농지를 만들어 놓았다. 심지어 올리브나무와 포도밭이 산중턱까지 차지하고 있다. 잘 정돈된 모습이 농촌 경치를 한껏 더 아름답게 돋보이게 했다.

내가 다녀본 나라들 가운데 일본을 제외하고 캐나다, 미국, 중국, 몽골 초원, 태국, 러시아, 이탈리아, 아프리카, 남아메리카까지 끝없이 펼쳐진 평원을 가지고 있었다.

국토의 65퍼센트가 산으로 둘러싸여 있는 우리나라를 이탈리아와 비교해 보면 슬프다. 이탈리아는 아펜니노 산맥을 제외하면 끝없는 평야다. 더구나 드넓은 평야에 집을 짓지 않고 산꼭대기에 성과 집을 지어서 사니 땅을 얼마나 효율적으로 이용하고 있는가?

우리나라는 평평한 농토만 보면 아파트를 지어서 그 아까운 농토를 없애 버린다. 평촌, 분당, 판교, 수지, 화성, 일산, 파주, 동탄이 모두 아까운 농토 아니었던가. 산에 집은 고사하고 조금만 손을 댔다가는 환경단체를 비롯해서 온 나라 사람들이 다 들고 일어나니 박수를 쳐주어야 할지 한숨을 쉬어야 할지 판단이 서지 않는다. 평야에 아파트 건설하는 일은 식량 주권을 포기하는 일이다.

산을 파괴하자는 말이 아니다. 산과 나무야말로 우리 민족을 5천 년 동안 한반도에서 살 수 있게 한 결정적 바탕이다. 단일민족을 유지할 수 있었던 것도 산과 나무 때문이다. 중국이나 몽골, 일본이 쳐들어와도 숲이 우거진 산이 막아 주었다.

실제로 임진왜란 육군 선봉장인 고니시 유키나가도 일본으로 보낸 편지에 "저는 즉시 이들을 공격하기로 결정하고 별다

산 꼭대기에 집들을 지어 놓고 사는 이탈리아 정경. 이탈리아를 다니다 보면 이렇게 높은 산꼭대기에 아주 큰 성이 둘러쳐져 있고 성 아래에는 집들이 올망졸망 모여 있다.

른 어려움 없이 아주 단시간 내에 그들을 패주시켰습니다. 이 전투에서는 그들의 총대장을 비롯하여 1천 명 이상을 무찔렀습니다. 이미 날이 저문 상태에서 나머지 2만여 명이 울창한 숲속으로 도주하였으므로 전부 소탕하여 전멸시킬 수 없었던 것은 유감천만이라고 생각합니다."라고 썼다. 산속으로 도망친 선조들은 침략자들이 도성에서 정복욕에 취해 있을 때 끈기로 똘똘 뭉쳐서 저항하기 시작했다.

아무리 흉년이 들어도 나무가 풍부하면 굶어 죽지는 않는다. 하다못해 나무 뿌리로라도 질긴 생명을 이어갈 수 있으니까. 산은 한민족의 역사와 함께 한 동반자다.

산에 나무가 없다면 홍수와 가뭄을 어떻게 감당하겠는가?

유럽이나 인도는 만년설에서 녹아 흐르는 물을 사용한다. 미국은 엄청난 양의 암반수가 있다. 대한민국은 오로지 나무들이 물을 저장해서 샘물을 만들어내고 강물이 되어 그 물로 농사짓고, 식수로 사용하고, 산업용수로 쓴다. 만약 산에 나무를 어떠한 이유에서든 없애 버린다면 우리도 북한처럼 기아와 홍수, 가뭄에 시달릴 것이다.

산이 죽으면 사람도 죽는다

북한은 구소련이 사라지자 식량 지원을 받지 못했다. 인민들 밥 굶기지 않겠다고 장담하던 김일성은 급한 마음에 산에 나무를 베어내고 콩과 옥수수를 심었다. 그런데 폭우가 쏟아지니까 표피층(나뭇잎이 썩어 기름진 땅)이 모두 쓸려 내려가고 산은 황폐해졌다. 나무가 없기 때문에 샘물도 금방 말라 버린다. 가뭄이 드는 여름에 농작물은 꼼짝없이 타 죽을 수밖에 없다.

작년 가을 배추 농사를 지을 때 두 달 동안 비님이 내리지 않았다. 하지만 아무리 가물어도 숲 덕분에 마르지 않는 평창 강 물을 끌어 올려 2천 평이 넘는 배추밭을 넉넉히 적셔 줄 수 있었다.

북한은 산에 나무를 베어 버린 무지함 때문에 지독한 굶주림에 시달려야 했다. 지난 20년간 500만 명이 굶주림으로 고통을 겪었다. 어른들은 물론이고 아이들도 못 먹어서 영양실조로

산 중턱까지 빼곡히 심어진 포도나무. 이탈리아는 해발 300미터가 되어도 올리브밭으로, 밀밭으로, 목장으로 사용한다. 실용주의자인 서양인들은 산을 이용해 집을 짓거나 과일나무를 심고 드넓은 평지는 비옥한 농지를 만들어 식량을 생산한다.

앙상한 뼈만 드러내고 힘없이 병상에 누워 있다. 1994년부터 2000년까지 이어진 대기근 때 300만 명 넘게 굶어 죽었다는 통일연구원 통계도 있다. 만약 북한이 산림녹화 사업을 하지 않으면 머지않은 앞날에 인민 전체가 굶주림 속으로 빠져들 것이다.

이스터 섬은 남아메리카 서부 해안에서 3천7백 킬로미터 떨어진 외로운 섬이다. 18세기 초 이 섬을 처음 발견한 유럽인들은 황폐한 섬 안에서 6미터가 넘는 거대한 돌 조각상 600여 개를 발견하고 아연실색했다. 동굴에서 사는 원주민들이 세워 놓기에는 불가능한 거대 석상이었다.

20세기에 들어서서 인류학자들은 이 석상의 비밀을 알아냈다. 섬이 황폐해진 이유는 원주민들이 나무를 너무 많이 벌채했기 때문이었다. 나무가 울창했던 섬은 파라다이스였다. 외세의 침략도, 섬 주민들끼리 내부 전쟁도 없었고, 먹을 것도 충분했다. 그런데 행복에 겨운 섬 사람들은 나무의 소중함을 모르고 마구 잘라 석상을 세우는 데 사용했다. 나무가 사라진 섬은 물과 식량 부족에 시달려야 했고 결국 섬 주민들끼리 서로 잡아먹는 식인종이 되고 말았다.

눈을 어디에 두어도 나무가 빽빽하게 들어찬 금수강산 우리나라의 고민은 바로 이 산에 있다. 농토 확보를 위해 산을 개발해 식량 증산을 하자니 홍수와 가뭄이 걱정이고, 아까운 야산을 놔두자니 25퍼센트밖에 되지 않는 빈약한 식량 자급률이 걱정이다.

나는 우리 주거지를 300미터 이상 지역으로 옮기자고 제안한다. 300미터 밑의 야산은 밀밭으로, 감자밭으로, 각종 야채와 유실수로 가꾸어야 한다. 해발 300미터에서 살면 생체리듬에도 좋다고 하지 않는가? 이탈리아에 와서 보니 해발 300미터 정도가 되어도 올리브밭으로, 밀밭으로, 목장으로 사용한다. 산중턱에 건설한 도시들은 아름답고 실용적이다. 우리나라는 경치 좋은 산이 있으면 그 길목이나 냇가 주변에 매운탕 집과 무질서하게 늘어선 모텔들이 눈살을 찌푸리게 한다. 처음부터 큰 그림을 그려 산을 개발해 놓으면 보기도 좋고 그곳에서 사는

드넓은 산을 활용하여 목초지로 만들어 소들을 방목하고 있는 유럽의 목장.

사람들의 삶도 더욱 풍요로워질 것이다.

우리나라 식량 자급률은 25퍼센트이다. 나머지 75퍼센트는 수입해서 먹는다. 사실 쌀을 제외하면 95퍼센트를 수입에 의존한다. 멀리 떨어진 나라에서 들여오는 농산물은 농약 덩어리를 수입하는 것과 마찬가지다. 중국에서 수입하는 농산물 가운데 유해 농약이 안 들어 있는 식품이 과연 얼마나 있을까? 도라지에는 표백제를 쓰고, 물고기는 항생제를 쓰고, 꽃게에는 납덩어리를 넣고, 각종 약재에도 사람이 먹으면 안 되는 농약이 함유된 한약재가 50퍼센트 이상이라고 하지 않는가? 싸다는 이유 하나로 중국산이 흘러넘치고 있다. 돈을 아낄 데 아껴야지 먹는 데 인색한 것처럼 어리석은 선택은 없다.

99퍼센트를 수입하는 밀은 어떤가? 풀 나지 말라고 제초제를 뿌리고, 해충 들지 말라고 농약 뿌리고, 뜨거운 적도를 지나는 운송 과정에서는 썩지 말라고 방부제를 덮어쓰고 우리 앞에 나타난다.

'갓 구워낸 빵입니다!' 라는 선전 문구를 보면 우습다. 그 넓은 광야에서 밀을 추수하고 수집하는 데 걸리는 시간이 한 달이나 두 달은 족히 된다. 배에 싣는 시간과 운송되는 몇 개월 그리고 부산항에서 하역하는 시간, 밀을 도정하여 밀가루로 만들고 빵을 만들어 유통되기까지 적어도 1년은 걸린다. 1년 만에 구워낸 빵은 있어도 갓 구워낸 빵은 없다.

미래를 책임질 우리 자녀들 먹을거리를 우리 땅에서 그 해에 생산해서 먹인다면 얼마나 좋을까?

우리나라의 산 활용

우리나라에도 수많은 야산이 있다. 그 야산만 개발해도 식량 자급률이 50퍼센트까지는 올라갈 것이다. 너무 억지 같은 생각인가?

도시를 건설하기 위해 채워진 콘크리트와 아스콘은 지하수를 저장할 수 없게 한다. 우리가 지혜로운 선택을 한다면 우리는 금수강산을 유지하면서도 식량난을 해소할 수 있다.

산에 대한 만감(萬感)으로 사로잡혀 있는데 문 신부가 어이없는 이야기를 해주었다. 이탈리아에서 산에다 성을 짓고 사는 이유는 평지에 땅을 개발하기 위해서가 아니라 전쟁 때문이란다. 이탈리아는 1천 년 동안 통일국가가 아닌 도시국가체제였다. 동네끼리 1천 년씩이나 싸우다 보니 다른 동네 침략을 효율적으로 막기 위해서 산꼭대기에 마을을 형성하고 성을 쌓았단다. 산을 이용하고픈 내 상상력에 기운을 쏙 뺐다.

특히 아시시와 페루자는 더 많이 심하게 싸웠다 한다. 프란체스코 성인도 페루자와 싸우는 도중 포로로 잡혀갔단다.

인간이 산꼭대기를 어느 정도까지 이용할 수 있는지 페루자 성은 잘 보여준다. 2천 년 이상 된 아주 오래된 도시로 산꼭대기에 성을 지었는데, 더 견고한 성을 짓겠다고 기존 성 위에 또 요새를 지어서 2층 성이 되었다. 돌로 지었기 때문에 2층 성이 가능했다. 페루자 성 꼭대기에 오르려면 승강기를 타야 한다. 길게 난 엘리베이터 네 개를 타고 올라가면 2층 성 바닥에 도착한다. 그 바닥에서 또 5층 높이 성이 지어졌다. 이탈리아 산꼭대기마다 아름답고 웅장하게 지어진 성들은 그런 슬픈 사연을 품고 있었다.

우리나라는 산도 좋지만 삼면이 바다로 둘러싸여 있는 복된 나라다. 게다가 서해안은 세계에서도 손꼽히는 갯벌이 있다. 매년 동해안과 남해안은 적조 현상으로 수백 억씩 어민들이 피해를 보고 있지만 서해안은 적조가 없지 않은가? 바로 갯벌 때문이다. 이 갯벌이 합성세제에서 나오는 인이라는 물질을 제

거해 주고 온갖 오염물질들을 정화해 주기 때문에 적조 현상이 없다.

새만금은 온갖 생명들이 살아 숨 쉬고 있는 세계적으로 유명한 갯벌이다. 이 갯벌을 지키기 위해 세 성직자가 죽음의 삼보일배를 했음에도 불구하고 귀 기울이지 않는 정책 입안자들을 보면 화가 치밀어 오른다. 결국 쌀이 남아 도니까 카지노, 복합 산업단지, 골프장, 주거도시를 만든다느니 안 만든다느니 해가며 오락가락하고 있다.

새만금에 사는 어민들은 바구니 하나 들고 갯벌에 나가 한나절만 일하면 도시 일꾼들 하루 일당을 번다. 만약 새만금이 논으로 바뀌면 새만금 주민들은 모두 빚더미에 앉을 것이다.

우리나라는 산, 갯벌, 농토 가운데 어느 것을 포기할 것인가를 결정해야 한다. 유리한 조건과 악조건이 상존하고 있는 지형을 잘 관리하고 가꾸는 일은 한반도에 사는 모든 이가 함께 풀어야 할 숙제라는 사실을 남의 나라 드넓은 땅에 와서 뼈저리게 느낀다.

대학 입학생 26만 명

로마, 가에타, 그란사소, 티볼리, 아시시, 페루자를 거쳐 피렌체를 둘러보면서 세계를 주름잡았던 로마제국의 힘을 느낄 수 있었다.

미국에 가 보면 밤에 길거리 문화가 없다. 샌프란시스코나 L.A. 밤거리를 나서면 흑인들이 마약 거래하는 모습을 쉽게 발견할 수 있다. 경찰차가 끊임없이 순찰하는 밤거리는 긴장감이 돈다. 밤에 조금만 어둡고 외진 곳을 다니다 보면 총을 들이대고 돈을 빼앗는 강도가 많아서 편안한 마음으로 돌아다닐 수가 없다. 미국 경찰이 흑인을 총으로 쏘았다는 소식이 심심찮게 보도되는데 밤공기 자체가 살벌하다. 실제로 미국 아이들이 밤에 돌아다니는 모습을 본 적이 없다.

미국에 한동안 있다가 한국에 들어와 보니 초등학교 아이들이 밤에 자전거를 타고 떼 지어 몰려다닌다. 50여 개 나라를 다녀본 내 입에서 자연스럽게 나오는 말은 이렇다.

"한국! 역시 살기 좋은 나라야!"

이탈리아도 한국과 비슷하다. 초등학교 아이들이 밤 늦게 돌아다니는 경우는 별로 없지만 많은 사람들이 광장에 나와서 술을 마시고 잡담을 하며 시간을 보낸다. 온갖 화려한 조명으로 정신을 쏙 빼놓는 우리 밤거리와는 비교가 안 되지만, 길거리에 마련된 탁자에서 친한 친구들과 어울려 마시고 떠드는 모습은 낯설지 않다. 연령층이 할아버지, 할머니들이 반 이상을 차지하는 것 빼고는 우리와 다를 바 없다. 총 들이대는 강도가 무서워서 밤거리를 돌아다니지 못하는 미국과 달리 이탈리아의 밤은 평화로웠다.

해체된 우리나라의 전통 가족

이탈리아가 우리와 다른 면이 있다면 가정 중심의 문화이다. 우리나라가 가정 중심의 나라라고 하지만 나는 그렇게 생각하지 않는다. 한국 사람들이 착각하는 사실이 있다. 유교 문화권인 동양은 예의범절이 뛰어나고 대가족 중심으로 식구끼리 끈끈한 정을 쌓고 산다고 잘못 알고 있다.

우리나라는 온 가족이 바빠서 함께 할 시간이 없다. 하나나둘밖에 없는 자식들은 학교 가랴 학원 가랴 입시지옥에 시달리느라 바쁘고, 아버지는 직장생활 하고 인간관계 유지하느라

피렌체 시내 모습. 왼쪽으로 두오모 성당이 보인다.

바쁘다. 어머니도 어머니대로 바빠서 온 가족이 한가롭게 마주 앉아 한 가족임을 확인할 여유가 없다. 일주일에 한 번도 함께 식사할 기회가 없는 가족이 어떻게 한 식구(食口)이겠는가? 식구(食口)란 밥을 같이 먹어야 진정한 식구이다. 오죽하면 아내가 남편한테 다정하게 팔짱을 끼면 "식구끼리 이러는 거 아냐!" 하는 우스갯소리가 등장했겠는가?

우리나라 가족은 이미 해체되었다. 부모가 여행을 가자고 하면 우리 중·고등학생들은 "엄마, 아빠나 다녀오세요!" 하고 거절하지만, 이탈리아는 가족이 함께 여행하는 것을 의무로 알고 있다. 심지어 자식과 아내는 유학 보내고 외로움에 지쳐 자살하는 기러기아빠, 가족들 전부 유학 보내고 갑작스런 심장병으로 외롭게 죽은 지 일주일 만에 발견되는 기러기아빠들이 있는 나라를 어떻게 전통적인 가족 중심의 나라라고 이야기할 수 있겠는가?

해외 순회강연 중에 가끔 현지 가정에 머물 때가 있다. 그 나라 문화를 느낄 수 있는 좋은 기회이기에 호텔보다 가정집에 머물기를 원한다. 가정집에 머물러 보면 깜짝 놀란다. 자녀들은 초, 중, 고, 대학 상관없이 오후 세 시면 모두 집에 온다. 부모도 특별한 모임이 있지 않는 한 일찍 귀가한다. 그리고 잠잘 때까지 온 가족이 함께 행동한다. 저녁 같이 만들어 먹고 자녀가 모임에 가면 부모가 데려다 주고 데려 온다.

또 부모가 성당 모임이라도 가게 되면 어린 자녀들을 다 데리고 간다. 어린 자녀만 집에 놓고 놀러 가면 부모 자격이 없다고 경찰이 와서 보호시설로 데려간다.

워싱턴에서 한 가정에 머물 때 열 쌍의 부부가 모였는데 여섯 살부터 대학생까지 20명도 넘는 자녀들이 따라와 위층에서 놀았다. 여섯 살부터 대학생까지 어우러져 노는 모습이 보기 좋았다. 대한민국은 동방예의지국 내다 버린 지 오래다.

가족을 해체시킨 장본인은 삐뚤어진 교육열 때문이다.

이탈리아 텔레비전에서 대학 진학률에 대해 보도하는데 1년에 26만 명이 대학에 진학한단다. 인구가 6천만 명이니까 우리나라보다도 1천만 명 정도가 많다. 그런데 우리나라는 1년에 대학 지원자만 해도 60만 명이 넘는다. 대학 입학생은 50만 명을 훌쩍 넘으니 그 차이가 어마어마하게 크다.

우리나라 대학 입학생 50만 명에는 허수가 있다. 이탈리아는 공부를 꼭 하고 싶거나 목표가 분명한 학생들만 대학에 가는데 우리는 누구나 간다. 대학 교육을 받을 의지도 없고 능력도 안 되지만 남들이 가니까 가는 한량들이 많다. 이런 현상이 결국 국가 경쟁력을 떨어뜨린다. 대학은 나왔으니 막노동은 할 수 없고 고급 인력시장에는 취직이 안 되니 먹고 노는 한량으로 전락한다. 젊은이들 20만 명만 대학 안 가고 노동 현장에 뛰어든다면 굳이 외국인 노동자 쓰지 않아도 된다.

공부할 능력도 안 되는 자식 대학에 보내면 부모들은 1년에 1천만 원 이상씩을 길에다 내다 버리는 꼴이다. 차라리 그 돈으로 노후대책이라도 세우면 국가 경제에도 훨씬 도움이 될 텐데…….

이탈리아 아이들은 꼭 대학에 가야 한다는 역사적 사명을 띠고 태어나지는 않은 모양이다. 그래서 그런지 공부를 못해서 부모와 원수가 되는 경우는 별로 없다. 공부 때문에 부모와 자식이 갈라서고 함께 자살하는 나라는 이 지구상에 우리나라 빼고는 없을 것이다.

물론 천연자원도 없고, 넓은 농토도 없으면서 인구 밀도는 세계에서 제일 높은 우리나라가 먹고 살 길은 오로지 지식산업뿐이라는 것은 잘 알지만 그래도 슬프다. 고액 과외, 자율학습, 기러기아빠, 입시지옥, 8학군 같은 끔찍한 단어들이 우리를 슬프게 한다.

맘에 꼭 드는 운전 문화

　이탈리아 사람들 운전 습관이 부럽다. 왕복 8차선의 경부고속도로 제한속도가 100킬로미터인 데 반해 이탈리아는 3차선인데도 제한속도가 130킬로미터다. 그런데도 대부분 차가 150킬로미터로 달린다. 1차선에서 천천히 가는 차를 발견하면 뒤차가 상향등을 깜빡거리고 경적을 마구 울려댄다. 빨리 비키라는 뜻이다. 운전자들은 자기보다 빠른 차가 오면 서둘러 2차선으로 들어간다. 뒤차가 자기를 무시한다고 기분 나빠하거나 신경전을 벌이면서 비키지 않는 경우를 못 봤다. 거의 모든 차량이 급하게 달려오는 뒤차에게 순순히 1차선을 양보한다.

　시원스럽게 내달리는 속도감은 나하고 딱 맞는다. 사실 고속도로에서 사고를 내는 원인은 졸음 운전이나 운전 미숙도 있겠지만 교통의 흐름을 막아서 생기는 경우도 많다.

　이탈리아 도로에서는 감시카메라를 찾아볼 수가 없다. 음주 측정도 거의 하지 않는다. 자율적으로 알아서 하라는 뜻이다.

우리나라는 감시카메라도 많고 음주 측정도 많이 하고 도로 제한속도도 낮은 데다 안전 운전을 위한 표어도 사방에 걸려 있다. 그런데도 사고가 많이 나는 것은 운전 습관이 잘못되어서 그렇다. 고속도로에서 남을 배려하기는커녕 자기가 가고 싶으면 저속임에도 불구하고 1차선으로 세월아 네월아 간다. 심지어 1차선에서 속력을 내지 않는 차를 2차선으로 추월해서 차 안을 들여다보면 휴대폰으로 통화하는 사람들도 많다. 남이야 어떻든 나만 편안하면 된다는 식이고 급한 놈이 있으면 알아서 추월하라는 배짱이다. 도로의 흐름을 막는 운전 습관이 사람들을 더 조급하게 하고 신경질나게 만들어 결국 사고로 이어진다.

평창에서 서울로 강의하러 나갈 기회가 많다. 가끔은 시간에 쫓기는 경우가 있는데, 1차선 앞이 텅 비어 있는데도 세월아 날 잡아먹어라 하면서 거북이 운행을 하는 차들을 보면 화가 난다. 그래서 보복 운전이 나오고, 공기총으로 쏘고, 야구 방망이로 앞 유리를 박살내는 일이 생긴다. 조금만 양보하고 배려해 주면 세계에서 제일 잘 뚫려 있는 고속도로를 즐겁게 내달릴 수 있을 텐데……

더욱 화가 나는 것은 거짓 카메라다. 온 국민 인격을 무시하는 처사이다. 캐나다에는 아예 국민의 인권을 침해한다는 이유로 감시카메라가 없다.

144

암브로시오 전례

밀라노 주교좌성당(duomo) 역시 베드로 성전처럼 밖에서 볼 때 입이 딱 벌어진다. 하늘 높이 솟은 고딕양식의 성당 지붕에 올라가 보면 이탈리아 사람들 돌 다루는 기술에 혀가 내둘러진다. 지붕이 얼마나 크고 넓은지 수백 명도 넘는 사람들이 올라가 사진 찍고 까마득하게 내려다보이는 광장의 사람들을 구경한다.

와! 와! 와! 감탄사를 연발하면서 삐죽삐죽 솟은 지붕 기둥을 구경하고 성당 안에 들어섰더니 십자가 현양축일을 맞이해서 축제를 벌이고 있었다. 안내서를 보니 첫날 전례가 토요일에 진행되는데 저녁기도(Vespera)를 밀라노 추기경께서 직접 거행한다. 벼르고 벼르던 암브로시오 전례를 보기 위해 성당에서 한 시간을 기다려 예식에 참석했다.

우리나라에서는 저녁기도를 대대적으로 거행하는 경우는 없는데 이탈리아에서는 중요한 전례로 꾸며 예식을 진행했다. 밀라노 교구민들에게 공지가 되었는지 저녁기도 시간이 되자 사람들이 총총 모여들기 시작해서 어느새 그 크고 넓은 성당 좌석이 꽉 찼다. 거의 1천 명도 넘어 보였다.

저녁기도에 추기경과 주교들 그리고 전례 집전 사제단이 입장하는 모습이 장엄했다. 주교좌성당에 속한 소년합창단과 파이프오르간이 만들어내는 그레고리안풍 시편 노래는 '하느님께 드리는 찬미는 이렇게 하는 거야.' 하면서 나에게 한수 가르쳐 주는 것 같았다.

전례가 진행되는 동안 제대 뒤에서 한국의 가마처럼 생긴 물체가 밝은 빛을 내면서 하늘로 올라가서 제대 꼭대기에 멈추어 섰다. 잠시 침묵이 흐르더니 문이 열리며 빛을 온 성당으로 뿜어내기 시작했다. 한참 동안 수많은 교우들 눈을 집중시키더니 그 빛이 갑자기 십자가로 변해 다시 서서히 내려오는데, 한 편의 영화를 보는 느낌이었다. 저절로 십자가를 경배하게 되었다. 약 10분 정도 빛과 십자가로 변하는 장면을 연출하는데 합창단의 찬양은 더욱 깊고 풍성해져 갔다. 십자가가 내려오는 동안 많은 생각에 빠져들었다.

십자가가 하늘에서 서서히 내려지자 추기경은 십자가를 제대 옆에 모시고는 향을 치고 경배를 드렸다. 향도 빙글빙글 돌리면서 치는데 향 연기가 원을 그리며 하늘로 하늘로 피어올랐다.

유럽의 오래된 전통 전례에 참여한 일은 밭에서 보화를 발견하는 기분이었다. 아무리 생각해도 문 신부가 몬테카시노, 수비야코 수도원, 아시시의 프란체스코 수도원, 네오까떼꾸메나또, 그리고 밀라노 암브로시오 전례에 참석하는 코스를 정한 일은 온전히 나를 위한 배려였다. 담배만 뻑뻑 안 피워대면 업어주고 싶은 심정이다. 특히 암브로시오 전례는 배울 것이 너무 많았다.

하느님이 인간에게 준 최고의 선물

전국으로 강의를 다니기 때문에 많은 성당에서 다양한 미사를 봉헌할 기회가 생긴다. 그런데 그 많은 본당 전례가 하나같이 천편일률적이다. 미사 때 강 건너 불구경하듯 참례하는 교우들 모습 안에서 신앙의 위기를 느낀다.

미사는 천상 잔치라고 했는데 한국교회 미사는 잔치 분위기는 없고 초상집 분위기만 연출한다. 특히 학생미사는 더욱 심각하다. 성당 자리는 텅텅 비어 있고 도살장에 끌려온 어린 양과 같은 모습으로 미사 시간을 견뎌내고 있는 학생들을 보면 많은 걱정이 앞선다. 미사는 신앙인들이 하느님께 드리는 찬양과 감사인데 그러한 열정을 찾아보기 쉽지 않다.

하느님이 인간에게 준 최고의 선물이 있다면 그것은 노래, 춤, 그림, 그리고 시(詩)일 것이다. 만약 노래와 춤, 그리고 그림

과 시가 미사에 스며든다면 지금보다 훨씬 아름다운 전례가
될 것이다.

　우선 성가를 보자.

　기쁠 때나 슬플 때, 그리고 감정이 복받쳐오를 때 노래만큼
우리 마음을 잘 표현해 주는 도구도 없다. '한 오백 년'을 부르
면서 한을 풀어내고 이별을 애절히 표현할 수 있다. '인생은
네 박자'를 부르면서 인생의 즐거움에 흠뻑 취할 수 있다. '어
머나'를 부르면서 풋풋한 사랑을 담아낼 수 있다. '기다리는
마음'을 부르면서 그리움을 표현할 수 있다.

　우리가 미사 중에 부르는 노래는 어느 것 하나 다를 바 없이
다 장송곡 수준이다. 30년 동안 똑같은 성가를 부른다. 성가를
통해 찬미와 찬양을 드리는 느낌이 팍 와닿지 않는다. 하도 똑
같은 노래만 부르다 보니 이제는 아예 부르지도 않는다. 안양
의 작은 개신교회에 초청 강연을 간 적이 있다. 성도들이 200
명 남짓 찬양을 하는데 2천 명 천주교 교우들이 부르는 성가
소리보다 우렁차고 신났다. 비록 내가 천주교 신부였지만 경배
드리는 참모습을 자그마한 개신교회에 가서 느꼈다.

　하느님께 드리는 찬송은 소리내어 불러도 보고 박수도 치면
서 감정을 드높일 때 가슴에서 뜨거운 무언가가 일어난다. 개
신교에서는 목사님이 설교를 하다가도 감정이 복받치면 찬송
하나 하자고 하면서 하느님께 신바람나게 찬송한다. 강론하다

가 성가 찬송하자고 선창하는 천주교 사제가 몇 명이나 될까?

천주교 성가는 음이 높아서 힘든 것도 아닌데 모든 성가가 느려터지고 슬프고 힘겹다. 가톨릭성가 151번 '주여 임하소서'를 교우들과 함께 따라 부르다가 숨이 차서 죽을 뻔한 적이 한두 번이 아니다. 이래서야 어찌 성가를 통해서 하느님께 찬양을 드릴 수가 있겠는가?

두 번째로 춤이다.

대부분 종교는 춤을 추어 자기가 모시는 신께 경배한다. 구약성서를 보면, 모세가 홍해를 건넜을 때 백성들이 너무 기쁜 나머지 미리암과 아론이 소고를 들고 춤을 추자 모든 백성들이 함께 춤을 추어 하느님을 찬양했다고 한다. 또 다윗은 야훼의 궤가 도성으로 들어오자 덩실덩실 춤을 추었다고 한다. 이렇게 춤은 인간이 하느님께 드릴 수 있는 최고의 찬미다.

우리나라 무당 역시 춤을 추어 하늘을 기쁘게 함으로써 사람에게 내릴 화를 면하게 해준다.

개신교는 요즘 경배 춤(Worship dance)이 예배시간에 행해지고 있다. 춤을 추어서 하느님을 경배하는 일이 얼마나 행복한지 청년들도 알고 있는 것 같다. 분당에 있는 어느 교회 청년 예배에 참석했더니 1천여 명이나 되는 청년들이 춤을 추면서 예배를 드리는데 나도 강단에 나가 같이 찬양드리고 싶을 정도였다.

또한 불교에는 승무가 있다. 인간의 깊은 내면을 드러내는 춤이다.

하지만 가톨릭교회에서는 춤을 통한 경배를 찾아보기 힘들다. 서거나 앉는 행위 이외에는 없다. 장궤틀마저 사라져 무릎 꿇는 행위도 하지 않는다. 그나마 성체조배 하면서 절하는 게 큰 경배 행위다. 성령기도회나 가야 춤을 춘다. 미사 전례는 왜 그래야 하는지 몰라도 엄숙 엄숙 엄숙이다. 한국 교회가 드리는 미사 때 얼마나 경배받는 기분이 드시는지 하느님께 한번 물어보고 싶다.

가톨릭교회를 친교의 공동체라 부른다. 친교(親交)의 '교' 자를 보면 사귈 교(交)자이다. 이 교(交)자의 의미는 사람이 팔을 내젓고 춤을 추는 것이다. 인간은 춤을 추면서 서로 사귄다. 하느님과 제대로 된 친교를 이루기 위해서는 춤을 추면서 마음을 표현해야 하느님과 영적 교감을 나눌 수 있다는 이야기다.

12세기 위대한 수도자인 독일 빙엔의 힐데가르트 수녀는 하느님을 기쁘게 해드리고 싶어서 성당 제대 앞에서 춤을 추었다고 한다. 어린 아이가 부모 앞에서 춤을 출 때 엄마 아빠들이 얼마나 좋아하고 행복해 하는가? 우리도 하느님을 기쁘게 해드리기 위해서 정성스럽고 거룩한 춤을 추어야 한다.

2004년 9월 파푸아뉴기니 마당 교구 할로파 본당에 선교사로 있는 김순겸 신부를 만나러 간 적이 있다. 정글 속에 우뚝 솟은 성당은 산꼭대기 하늘 아래 있었다. 산 밑에 사는 원주민들은 발아래 남태평양을 내려다보며 하늘과 맞닿아 있는 정상에 도착한다. 정상에 오르면 하늘을 향해 "하느님 안녕!(Hallo Papa!)"하며 정답게 인사하는 말에서 할로파(Hallopa) 성당 이름이 탄생하였다.

주일미사에 알렐루야를 하는데, 열여섯쯤 되어 보이는 소녀 여섯이 꽃목걸이를 하고 성서를 들고 춤을 추면서 제단으로 나오는 모습이 선녀들 같았다. 제대에 앉아서 그 아이들의 춤을 보면서 나도 모르게 탄성이 나왔다.

"아! 저 아이들의 춤이 바로 찬양이요 경배로구나!"

한국 가톨릭교회가 풀어야 할 큰 숙제는 춤을 전례 안에 어떻게 접목시키느냐 하는 문제이다. 고 김창린 신부님 팔순 미사 때 가톨릭 전례무용단을 초대해서 미사곡과 성가 의미를 춤으로 표현하였더니 많은 이들이 감동했던 기억이 있다. 무용단의 아름다운 춤으로 인해 미사가 더 즐거웠다.

세 번째로 그림이다.

우리 교회 강점은 그림이다. 여러 가지 조각상들, 아름다운 성전 구조물들, 그리고 유리화들이 하느님께 우리 대신 경배해 준다. 이탈리아 성당 내부 곳곳에 온갖 정성을 들인 조각과 그림을 보니 십자가 하나로 만족하는 한국 성당들이 떠올랐다. 그나마 김대건 신부님 상이나 성모상이라도 모실 수 있어서 다행이다. 성전에 아름다운 조각과 그림이 있으면 기도하는 데

휠씬 큰 도움이 될 것이다. 집안에도 이콘(성화) 하나를 벽에
걸어두면 휠씬 분위기가 달라질 것이다.

　네 번째로 시(詩)다.
　미사 경문 내용이 나쁘다거나 잘못되었다는 생각을 해본 적
은 한 번도 없다. 그러나 똑같은 경문 내용을 10년 20년 듣는
교우들은 더 이상 경문이 귀에 들어오지 않는다. 또한 미사를
봉헌하는 나 자신도 경문 내용을 되새김질해 가면서 읽지는
않는다. 내가 정성껏 글을 써서 경문을 만든다면 내 신앙도 휠
씬 좋아지지 않을까 하는 생각도 해본다.

심지어 주일미사 때 바치는 보편지향 기도도 전국적으로 통일된 내용을 앵무새가 지저귀듯 읽는다. 개인의 신앙은 없고 공동의 신앙만 남아 있는 것 같다.

춤도 안 춰, 그림도 없어, 그렇다면 노래라도 해야 하는데 노래도 제대로 안 부르니 우리의 전례는 서서히 그 생명력을 잃어갈 수밖에 없다. 활력이 없는 전례를 10년 20년 참여하다 보니 그나마 있던 신앙심도 서서히 식고 성당으로 발길이 닿지 않는다. 신앙심은 열렬한 찬미 안에서, 열정적인 기도 안에서 커 나간다. 신앙은 애절하지 않으면 곧 바로 차갑게 식는다.

십자가가 성당 하늘 천장에서 내려오고 파이프오르간과 합창단의 성가 소리에 눈물이 왈칵 쏟아질 정도로 감동을 받았으니 암브로시오 전례는 노래와 그림, 시의 조화가 오묘하게 이루어져 있는 것 같다.

성당 외벽이나 실내 곳곳에 장식되어 있는 조각상들.

빈치아노여! 영원하여라

철학자 화이트헤드는 "영혼의 비옥화가 예술이 필요한 이유이다."라고 말했다. 신앙이 비옥해지려면 노래와 춤, 그리고 그림과 시가 필요하듯이 영혼도 풍요로워지려면 예술이 꼭 필요하다.

온 나라가 예술품으로 장식되어 있는 이탈리아가 부럽기도 했다. 이탈리아 사람들은 고대 로마시대를 거쳐 가톨릭교회와 만나면서 예술의 기질을 한층 더 마음껏 발휘했다. 이탈리아에서 여러 작품을 보았지만 레오나르도 다 빈치의 '최후의 만찬'을 만난 사건은 이탈리아가 나에게 준 또 다른 아름다운 선물이었다.

밀라노 주교좌성당에서 십자가 경배 전례를 참례한 뒤 문 신부는 1천7백 년 전에 암브로시오 성인이 직접 지은 성당을 꼭 가봐야 한다면서 나를 안내했다. 1천5백 년이 넘는 세월의

밀라노 성 암브로시오 성당.

비바람을 견딘 암브로시오 성당은 시간의 징검다리가 되어 예수님께 한걸음 더 다가갈 수 있게 해주었다.

　성당에서 결혼식을 마친 신랑 신부들이 멋진 모습으로 사진을 찍고 있었다. 세상 어디서나 결혼은 인간에게 가장 소중한 통관 절차인가 보다. 그런데 왜 이렇게 아름답고 신성한 남녀의 결합을 천주교 신부들에게는 허락하지 않고 평생을 남 결혼이나 축복해 주고 혼자 살라는 건지 답답한 노릇이다.

　성당을 순례하고 나서 문 신부가 성당 근처에 있는 가게로 담배와 물을 사러 들어갔는데, 가게 주인은 동양인이 이탈리아 말을 너무 잘하니까 이 근처에 암브로시오 성당보다도 더 아름다운 성모 성당이 있다고 안내를 해주었다. 그래서 계획에도 없던 성모 성당을 찾아가게 되었다.

밀라노의 마지막 선물, '최후의 만찬'

문 신부가 성모 성당에 들어갔다 나오더니 급히 내게 와서, 여기 경당(capella)이 하나 있는데 레오나르도 다 빈치의 '최후의 만찬' 그림이 있다며 빨리 가보자고 했다. 헐레벌떡 뛰어갔더니 매표소 문을 닫기 1분 전이었다.

급히 표를 사려는데 표가 한 장밖에 안 남아 있었다. 하루 입장객 수가 제한되어 있는 모양이었다. 문 신부가 우리는 천주교 신부이고 동행이니까 한 장 더 줄 수 없느냐고 사정해 보았지만 매표소 젊은이는 단호했다. 동양인이라고 무시하나 싶은 마음에 기분이 좋지 않았는데, 내 뒤로 서양인 몇 사람이 더 왔는데도 표를 내어주지 않아서 상한 기분이 조금 나아졌다. 착한 문 신부는 지체 없이 그 표를 양보했고 나는 조금은 미안한 마음이 들었지만 '최후의 만찬'을 볼 수 있다는 기대로 서둘러 작품이 있는 곳으로 갔다.

표에는 이렇게 쓰여 있었다.

'il cenacolo(vinciano) ora 18:45'
최후의 만찬(빈치아노) 18:45분

나는 그날 마지막 표를 거머쥔 행운아였다. 나중에 안 사실이지만, 이 성모 성당에 레오나르도 다 빈치 그림이 소장되어 있는 사실을 아는 사람도 별로 없을뿐더러 2주일 전에 예약을 해야만 그림을 감상할 수 있단다.

경당으로 들어가려면 먼지나 수분을 제거하기 위한 소독실을 두 번 거쳐야 했다. 레오나르도 다 빈치가 그림을 그릴 당시에는 수도원 식당으로 사용했던 경당에 들어가니 양쪽 벽면에 두 작품만 있었다. 앞쪽 벽면에는 '최후의 만찬', 뒤쪽 벽면에는 '골고타 언덕의 십자가상 예수님'이 그려져 있었다.

'최후의 만찬' 작품 앞에 섰는데 마치 2천 년 전 주님께서 마지막 식사를 하시던 중 "나를 배반할 사람이 한 사람 있다." 하시고는 입을 다물고 계신 그 다락방에 내가 초대되어 있는 기분이었다. 충격에 휩싸여 입을 벌리고 있는 제자에, 도대체 배반할 사람이 누구냐고 예수님을 향해 따져 묻는 제자에, 대충 감을 잡은 베드로가 예수님이 가장 사랑했던 제자 요한에게 그 사람이 누구냐고 물어보라고 재촉하면서 유다의 옆구리에 식사용 칼을 들이대며 위협하고 있는 긴박감에, 놀란 유다가 움찔 당황하면서 그릇을 엎지르는 장면이 내 앞에서 살아 움직이는 듯했다.

귀신도 놀라 자빠질 재주로 그린 '최후의 만찬'은 예수님께서 제자들과 마지막으로 이별하던 2천 년 전 장면 속으로 빨려들어가게 했다. 예수님을 중심으로 둘러앉아 있는 열두 제자들의 균형미와 2층 다락방 뒤로 펼쳐지는 원근법은 천재가 아니

'최후의 만찬(The Last Supper)', 레오나르도 다 빈치(1495~1498년 작).

면 펼쳐낼 수 없는 경지였다.

나는 또 운 좋게도 이 천재 화가가 그린 그림 '모나리자'의 살인적인 미소를 프랑스 루브르 박물관에서 볼 수 있었다. '최후의 만찬'과 '모나리자'를 보면 레오나르도 다 빈치의 신기(神技)를 느낄 수 있다.

그림 하나로 2천 년 전 다락방을 들여다본 듯한 체험을 하면서 나는 감격의 눈물을 흘렸다. 이탈리아 말에 능통한 문 신부를 가이드로 선택한 것은 내게 큰 행운이었다. 그 덕에 이처럼 잊지 못할 감동을 맛볼 수 있었으니 말이다.

'최후의 만찬'에 감동된 마음을 품고 골고타 언덕에서 십자가에 못 박히신 예수님 그림 앞에서는 조용히 경배드리고 경당을 나왔다.

밀라노에 와서 생각지도 않은 큰 선물을 마음속에 담아 간다. 이로써 '석굴암', 송번수 교수의 '절망과 가능성', 그리고 레오나르도 다 빈치의 '최후의 만찬'은 내 인생에서 만난 최고의 예술품으로 기억될 것이다.

언젠가는 내 가슴을 벌렁거리게 할 또 다른 예술품을 만나게 되겠지만 아쉬움을 뒤로 한 채 다음 목적지로 발걸음을 옮겼다.

야외 오페라의 대명사가 된 아레나 원형경기장. 2만5천 명의 관객이 한꺼번에 즐길 수 있는 초대형 공연장이다. 베르디 음대에서 성악 공부를 하던 강정우.

베로나 경치를 가장 잘 담아낸 영화는 아만다 사이프리드 주연의 '레터스 투 줄리엣'이다. 쭉 뻗은 향나무 가로수들이 포도밭을 감싸안고 있고 산과 농장이 잘 어우러진 언덕 위 집들이 베로나를 한층 더 아름답게 꾸몄다. 원형경기장을 중심으로 조성된 도시는 인상적이었다.

베로나 아레나 공연장은 로마시대 전성기인 기원후 120년에 시작해서 130년에 완공한 원형경기장이다. 원래 검투사들이 서로를 죽이는 야만적인 장소였지만 20세기에 들어와 야외 오페라극장으로 완전히 탈바꿈하였다.

1913년 베르디 탄생 100주년을 맞아 8월 10일 처음으로 아레나 무대에 오른 오페라 '아이다'는 20세기 초 최고의 공연으로 알려졌다. 이때부터 야외 오페라 하면 베로나로 이미지가 굳어진다. 베로나는 7, 8월 두 달에 걸쳐 오페라를 보기 위해 세계 각지에서 몰려오는 관광객들 덕분에 먹고 사는 도시가 되었다.

아레나 공연장은 2천3백 명이 들어가는 한국 예술의전당 오페라하우스보다 11배 많은 2만5천 명 관객이 한꺼번에 즐길 수 있는 초대형 공연장이다. 야외 공연장인데도 맨 뒷좌석에서도 미세한 소리가 다 들릴 정도로 음향 시설이 뛰어나다. 그래도 공연장이 워낙 크기 때문에 목소리가 작은 성악가들은 이 무대에 설 수가 없다. 우리나라 성악가로는 홍혜경 씨가 이 무대에 섰다고 한다.

아래층 VIP 좌석은 1년 전에 이미 예약이 끝나지만 의자가 없는 돌 좌석은 그날 가도 입장이 가능하다. 어깨와 어깨가 맞닿을 정도로 빽빽하게 돌 좌석에 앉아서 관람을 하는데, 야외 공연장이기 때문에 일단 시작하고 나면 10분 후에 비님이 와도 환불해 주는 경우는 없다고 한다.

한번은 플라치도 도밍고가 공연을 시작하는데 비님이 오셨다. 도밍고는 많이 실망한 관객들에게 조금만 기다려 보자고 제안했다. 한 시간이 지나 비님이 그치자 다시 공연을 시작해서 새벽녘에야 끝이 났다는 아름다운 미담도 전해 들었다.

원형경기장 안에 들어가 보니, 이탈리아 전역에 방송하는 가요 프로그램의 마지막회를 생방송하는 날이라 악단과 가수들이 예행연습을 하고 있었다. 유명 가수가 나오니까 소녀들이 비명을 지르며 좋아라한다. 한국이나 이탈리아나 스타를 보고 열광하는 아이들 모습은 똑같다.

　오페라 대신 현대음악을 듣는 것으로 만족하고 또 다른 명소 줄리엣의 집에 갔다. 줄리엣과 3분 거리에 떨어져 살았던 로미오가 창가 아래서 세레나데를 불렀던 집이다. 아늑하고도 예쁜 정원에 줄리엣 동상이 세워져 있었다. 열여섯 청순한 소녀의 모습이다. 무엇을 해도 예쁠 때가 이팔청춘이 아닌가.

　'레터스 투 줄리엣' 영화처럼 사랑이 이루어지기를 원하는 청춘들의 편지로 벽이 가득했다.

　줄리엣의 가슴을 만지면 행운이 찾아온다는 믿음에 관광객들이 하도 만져서 청동 가슴이 하얀색으로 변해 있었다. 세기의 미인은 죽어서도 피곤한가 보다.

　나도 이 비극의 주인공 가슴을 멋적게 어루만지고 베로나를 떠났다.

줄리엣 동상.

해우소(解憂所)

10일 동안 2천 년 이탈리아 도시 여행을 마치고 파리로 떠나기 위해 밀라노 근교에 있는 리나테 공항에 도착했다.

빵과 카푸치노 한 잔으로 아침식사를 하고 나서 화장실에 들어가 문을 잠그고 한면희 교수가 선물한 저서 「초록문명론」을 읽으면서 나만의 세상에 빠져 있는데 어떤 놈이 화장실 문을 벌컥 여는 것이다.

"오! 노!(Oh! No!)" 하면서 휘둥그레진 눈을 들어 쳐다보니 문 신부였다. 문 신부는 얼른 문을 닫으면서 "문 좀 잠그고 일 봐라!" 하고 핀잔을 준다. 아니! 나는 분명히 문을 잠그고 확인까지 했는데도 열리는 화장실 문을 어쩌란 말인가?

이탈리아를 떠나면서 꼭 하고 싶은 이야기가 있는데 바로 화장실이다. 박승조 교수의 저서 「변소 이야기」를 읽으면서 인간에게 화장실이 얼마나 중요한 공간인지는 알고 있었지만, 이탈리아에 와서 화장실의 소중함을 더 뼈저리게 느꼈다.

며칠 전 베니스 역에서 밀라노로 가는 유로스타 기차를 기다리는데 아랫배가 살살 아프면서 꾸르륵거리기 시작했다. 큰일을 봐야 했다. 기차 역사 안을 돌아다니면서 화장실을 찾았으나 당연히 있어야 할 화장실을 찾을 수가 없었다. 암울한 마음으로 배를 움켜쥐고 다시 기차 정차하는 곳까지 갔더니 역사 안에는 없던 화장실이 따로 별채처럼 떨어져 있었다. 구세주를 만난 것 같은 기쁨으로 화장실에 들어가려는데 지하철처럼 표를 넣어야 문이 열리는 기계장치가 설치되어 있었다.

아이고! 배야! 유료 화장실이었다. 이탈리아 베니스에는 특히 소매치기가 많다고, 문 신부는 한국 촌놈 그것도 평창 촌놈인 내게 돈을 한 푼도 주지 않았다. 뱃속에서 꾸르륵 소리는 이내 천둥소리로 변해 가고 있었다. 아픈 배를 움켜쥐고 겨우 문 신부를 찾아서 70첸트라(우리 돈으로 1,000원)를 얻었다. 황금보다 귀한 70첸트라를 손에 쥐고 가서 화장실 앞 무인발매기에서 지하철 표같이 생긴 입장권을 사서 기계에 넣으니 그제야 표를 쏙 먹으면서 문을 열어 주었다. 돈을 내고 들어갔는데도 화장실이 지저분해서 찜찜한 기분으로 일을 보았다.

달라도 너무 다른 화장실 문화

베니스 역에서뿐만 아니라 이탈리아를 여행하는 곳곳에서

화장실 찾기는 여행 목적지에 가는 일보다 더 힘겨운 작업이었다. 화장실을 겨우 찾아도 당황한 적이 한두 번이 아니었다. 물 내리는 장치가 왜 그리 갖가지인지…… 위에서 아래로 당기는 장치, 아래에서 위로 올리는 장치, 줄을 잡아당기는 장치, 둥그런 누름 장치, 네모난 누름 장치, 젖꼭지 같은 누름 장치. 이탈리아 사람들 기분 내키는 대로 물 내리는 시설을 해놓았는지 화장실 갈 때마다 연구를 해야만 물을 내릴 수 있었다. 소변보는 곳에 감지기가 있어서 손을 사용하지 않아도 자동으로 물이 내려가는 장치가 되어 있는 화장실은 드물었다.

손 씻는 수도꼭지도 왜 그리 갖가지인지, 어떤 맥줏집 화장실에서는 소변을 보고 손을 씻으려고 세면대에 가보니 물 트는 데가 없었다. 여기는 신식인가 보다 생각하며 수도꼭지에 손을 대봐도 물이 안 나오고, 수도꼭지를 돌려보아도 물이 안 나와서 결국 그대로 나와 문 신부에게 물어보았다. 발로 밟는 게 있을 거라는 말을 듣고 다시 들어가 보니 과연 발로 밟는 장치가 있었다. 발로 밟으니 수도꼭지에서 물이 나왔다.

해외여행을 하다 보면 문화가 다르기 때문에 겪는 당황스러운 일이 많다. 모든 인간들이 똑같이 배설하는 화장실만 들어가도 달라도 그렇게 다를 수가 없다.

이탈리아와 비교하면 한국의 화장실은 예술적 수준이다. 우리나라에는 모범음식점만 있는 것이 아니라 모범화장실도 있다. 모범화장실에 들어가 보면 보통 집 안방보다도 깨끗하고 아늑하다. 괜찮은 화장실에는 음악까지 흘러나와 일을 보면서 감상까지 할 수 있는 나라가 대한민국이다.

나는 이탈리아 사람들에게 수원 지지대고개에 있는 화장실을 보여주고 싶다. 지지대고개 화장실에 앉아 있으면 바깥 경치가 시원하게 한눈에 들어오는데, 특히 유리창 쪽으로 분수가 물을 뿜어내어 배설의 기쁨과 동시에 시각적 시원함도 느낄 수 있다.

서울로 향하는 지지대고개 화장실을 이탈리아 사람들이 보면 아마도 우리나라 사람들한테 무릎을 꿇고 싶을 것이다. 세계적 관광지에 화장실 하나 제대로 만들어 놓지 못해 미안하다고.

화장실은 그 나라의 얼굴이라고 하지 않는가! 문화의 척도라고 하지 않는가! 화장실 인심은 우리나라가 이탈리아보다 넉넉하다. 아울러 식당에서도 돈 내고 물을 사먹어야 하는 유럽보다 물 인심도 좋은 나라가 대한민국이다.

만년설

이탈리아를 떠나 알프스산맥 상공을 날고 있다. 뜨거운 태양 아래서도 산꼭대기 만년설은 눈이 부시도록 아름답고 하얗게 반짝인다. 비행 내내 알프스를 뒤덮은 만년설을 보면서 지난 2004년 영국 BBC방송에서 보도한 미국 국방보고서 내용이 생각났다. 미국 국방보고서에 의하면, 지금과 같은 속도로 기온이 상승할 경우 2020년에는 4천 미터 이상 산에 있는 만년설이 다 녹아 없어진다고 한다. 이 만년설이 다 녹아 없어지면 심각한 문제가 발생한다.

알프스 만년설만 예를 들어 보자. 만년설이 녹으면 라인 강으로 흘러든다. 이 강은 스위스를 지나 독일과 프랑스를 가로질러 네덜란드를 통해 북대서양으로 흘러나간다. 남쪽으로는 이탈리아 포 강의 발원지이며, 동쪽으로는 다뉴브 강 발원지이기도 하다. 알프스 만년설이 유럽 6억 인구를 먹여 살린다.

다 녹아 내리고 꼭대기에만 살짝 남아 있는 아프리카 킬리만자로 산 만년설.

강은 지구상에 살고 있는 모든 이들에게 생명의 젖줄이다. 강에 의지해서 농사짓고 먹는 물을 취수한다. 유럽에서 만년설이 없어진다는 것은 강물이 말라 없어지는 것과 똑같은 의미다. 강물이 마르면 식수를 얻을 수 없고 농사를 지을 수 없다. 결국 식량부족 문제에 봉착하는 끔찍한 일이 벌어질 것이다.

지난 2003년 유럽을 뜨겁게 달군 여름 더위에 2만5천여 명의 노인이 목숨을 잃었고 4킬로미터의 알프스 만년설이 녹아 없어졌다. 여름 기온이 걷잡을 수 없게 상승하면 만년설이 녹는 속도도 점점 빨라질 것이다. 만년설에 의지해서 사는 전 세계 인구가 무려 20억 명이다.

아프리카대륙에는 킬리만자로 만년설이 유일하게 남아 있었는데 거의 녹아 사라지는 중이다.

인도, 파키스탄, 네팔, 티베트, 중국에 걸쳐 있는 히말라야 산맥의 만년설은 엄청난 사람을 먹여 살리는 생명의 원천수이다. 총 길이가 2천5백 킬로미터나 되는 톈산 산맥은 중국 신장자치구와 우리나라보다 27배가 큰 카자흐스탄, 키르기스스탄에 걸쳐 있다. 톈산 산맥의 만년설은 3억 명에게 식수를 제공하고 있는데 매년 2킬로미터씩 녹아 없어진다.

북미에는 캐나다와 미국에 걸쳐 로키 산맥 만년설이 장중하게 펼쳐져 있다. 남미에도 안데스 산맥 만년설이 남아 있다. 이러한 산맥들은 겨울에는 두꺼운 눈으로 덮였다가 여름이면 뜨거운 태양빛에 녹아서 강물의 수원(水源)이 되어 지구촌 사람들을 먹여 살린다. 더욱이 만년설은 여름에 태양빛을 반사해 주므로 지구온난화의 속도를 늦춰 주는 효자 역할도 한다.

그러나 점점 뜨거워지는 지구 날씨 때문에 만년설이 녹아 없어지면 사람들은 물 부족에 시달릴 것이고, 2020년경에는 세계 각국이 물 확보를 위해 핵전쟁까지 일으킬지도 모른다는 것이 2004년 미국 국방보고서 내용이다.

울창한 숲이 옥수(玉水)를 만들고 강을 이루는 우리나라

만년설에 의지해 사는 나라들과 비교해 본다면 우리나라는

아차산에서 바라보이는 한강. 우리나라는 백두대간에 빽빽이 들어찬 나무들이 엄청난 양의 물을 저장하여 수량이 풍부한 강을 이룬다.

금수강산이다. 우리나라는 만년설에 의지해서 강이 흐르는 것이 아니라 국토의 65퍼센트를 차지하고 있는 울창한 숲이 옥수(玉水)를 만들어내고 그 물들이 모여서 강을 이룬다. 백두대간에 빽빽이 들어차 있는 나무들이 엄청난 양의 한강 물을 만들어낸다고 생각하면 산이 존경스럽다.

　산의 나무들은 물을 저장하는 천연 댐이다. 산이 확보하고 있는 물의 양이 팔당댐 60개 분량이라고 한다. 팔당댐의 저수량이 거의 2억 8천만 톤이니까 어림잡아도 약 170억 톤의 물을 산의 나무들이 저장하고 있는 셈이다. 우리나라 1년 물 총사용량이 340억 톤이니 그 절반을 나무들이 저장하고 있다.

게다가 나무들은 홍수도 조절해 준다. 엄청난 양의 비님이 오셔도 땅속 깊이 내린 뿌리와 수많은 잎들이 빗물을 저장한다. 만약에 비님이 오지 않는 가뭄이 닥친다 하더라도 나뭇잎과 뿌리에 저장한 수분을 내보내 강에 물이 마르지 않게 한다.

산림의 경제적 효과는 연간 100조 원이나 된다.

성수대교가 붕괴되었을 때, 어떻게 강의 다리가 붕괴될 수 있느냐고 격분하면서 한국을 홍보던 로마의 한 건축학 교수가 한국을 찾아왔다. 어떻게 다리를 건설했는지 눈으로 직접 확인하러 왔다가 한강의 엄청난 넓이를 보고 다시 말했다고 한다. 어떻게 이 작은 나라에 이렇게 넓은 강이 있을 수 있고, 수많은 다리를 놓을 수 있느냐고……

로마의 테베레 강은 우리 생태마을 앞에 있는 평창강보다도 좁은 시냇물 수준이다.

중국의 황하 강은 6천 킬로미터에 걸쳐 흐르지만 700킬로미터 정도가 강물이 흐르지 않는 단수 현상을 보인다. 1년 내내 강물이 마르지 않는 한강은 우리나라 산이 얼마나 울창한지를 보여주는 좋은 예다.

만년설이 녹아 없어지는 현상을 걱정하며 알프스산맥을 넘는데 기류가 좋지 않아 비행기가 몹시 흔들린다. 프랑스 상공에도 구름이 잔뜩 끼어 있지만 구름 사이로 잘 정돈된 평지와 농토가 언뜻언뜻 시야에 들어온다.

이탈리아 베로나 시가를 흐르는 아디제 강.

프랑스는 이탈리아와 달리 신앙이 죽어 있는 나라라고 하는
데, 왜 가톨릭국가이면서도 대부분 국민이 교회에 등을 돌렸는
지 그 이유와 현상을 내 눈으로 직접 확인해 보고 싶다.

이런저런 생각을 하고 있는 사이에 파리 오를리(Orly) 공항
에 도착한다는 방송이 흘러나온다. 공항에 도착해서 막 내리려
고 준비하는데, 문 신부가 나에게 볼라레(Volare, 날다) 항공은
값이 싼 저가 항공사이기 때문에 내릴 때 사다리차나 연결 통
로가 없어서 비행기에서 뛰어내려야 한다며 뛰어내릴 준비를
하라고 한다. 그래서 나는 오를리 공항으로 뛰어내릴 준비를
하고 있다.

프랑스 남서부의 작은 시골마을에 있는
성모 발현 성지 루르드에는
전세계에서 온 순례객들의 발길이
끊이지 않는다.

한류

파리 오를리 공항에 도착해 보니 이탈리아보다 더 이국적인 분위기가 느껴졌다. 이탈리아어는 라틴어와 발음이 비슷해서 덜 답답했는데 공항에서 흘러나오는 프랑스어는 아주 생소하게 들렸다.

공항에는 프랑스에서 성서 박사 과정을 공부 중인 김승부 신부가 마중나와 있었다. 20년 전 신학교 입학 때 모습 그대로 해맑게 웃으며 우리를 맞이해 주었다.

신학교 1년 후배인 이 친구는 입학 당시 화젯거리였다. 수원고등학교에서도 전교 1등을 했지만 그해 대학 학력고사 경기도 수석을 한 친구였다. 서울대학은 따놓은 자리였지만 예수님의 제자가 되겠다고 세상적인 명예와 출세의 길을 포기하고 신학교에 입학한 친구였다. 천재적인 두뇌를 가지고 있으면서도 지식의 오만함이라고는 찾아볼 수 없이 겸손하고 사랑 가득한 친구다. 김 신부는 이번 여행 중에서도 순수한 매력을 그대로 보여주었다.

파리 숙소로 가기 위해서 공항에서 한 시간 정도 전철을 타고 시내로 들어가야 했다. 전철을 기다리고 있는데 동양인으로 보이는, 아가씨라고 부르기에는 좀 나이가 많아 보이는 여성이 어설픈 프랑스어로 길을 물어보았다. 나야 무슨 소린지 모르니까 무심히 있었는데, 김 신부는 진지하고 차분하게 듣더니 목적지까지 어떻게 가는지를 차근차근 알려주었다. 그런데 이 아가씨는 프랑스가 처음이라 그런지 전혀 알아듣지 못했다.

상황을 파악한 김 신부는 아가씨가 전철을 갈아타기 가장 쉬운 곳까지 안내해 주기로 결심한 모양이었다. 전철 표를 발매기에서 손수 사 주고는 주체하지 못하는 무거운 여행 가방까지 직접 끌어주고 들어주었다. 아가씨는 얼굴도 못생겼는데 김 신부는 아랑곳하지 않고 제2의 그리스도(Alter Christus)처럼 배려해 주었다. 손님을 대접하다 천사를 대접했다는 성서 말씀처럼 이역만리에서 홀로 떨어져 갈 길을 잃고 헤매는 이 방인에게 김 신부는 성심성의껏 길을 안내해 주었다.

전철을 갈아탈 수 있는 곳에 도착하자 아가씨는 당신들 '한국인'이냐고 물었다. 김 신부가 그렇다고 대답하니, 자기는 독일 베를린에서 유학 중인 몽고 사람이고 프랑스에는 또 다른 공부 때문에 왔는데 이렇게 친절하게 대해 주어 깊은 감사를 드린다면서 전철에서 내렸다.

밤에 문 신부가 맥주 한잔 마시면서 "나 같으면 대충 길에서서 이렇게 저렇게 해서 그렇게 가면 된다고 설명해 주었을 텐데 김 신부는 참 친절하게도 안내해 주었다."고 농을 치며 친절한 김 신부를 칭찬했다. 아마 그 몽골 아가씨는 이국 땅에서 만난 김승부 신부와 한국 사람을 잊지 못할 것이다.

한류의 시작은 친절에서 시작되었으면 좋겠다. 한국을 찾는 외국 관광객들에게 미소를 지으면서 가볍게 눈인사 정도만 해도 한국을 따뜻한 나라로 기억할 것이다.

한국을 찾는 모든 사람들을 김승부 신부처럼 친절하고 따뜻하게 대해 준다면 한류는 온 세상으로 물결처럼 퍼져 나갈 것이다.

개똥

루브르 박물관을 갔더니 휴관이라고 해서 되돌아왔다. 길동무 겸 안내원인 문 신부가 이탈리아에서는 완벽했는데 나라가 바뀌니 안내가 어설퍼졌다.

맥이 빠져 성 쉴피스 기숙사로 되돌아오는데 그만 개똥까지 살짝 밟았다. 박물관 관람을 허탕친 데다 개똥까지 밟았으니 기분이 영 엉망이 되어 버렸다.

다른 안내는 어설퍼도 개똥 피하라는 안내는 기가 막혔던 문 신부가 오늘은 어두워서 그랬는지 "야! 개똥이다. 조심해라." 하는 주의까지 놓쳐서 개똥을 기어이 밟고 말았다.

파리 시내는 온통 개똥 천지다. 개똥들이 퍼레이드를 하고 있는 기분이 든다. 사람마다 개를 자식처럼 데리고 다닌다. 심지어는 길거리 거지도 깡통 옆에 개 한 마리가 필수다. 개를 데리고 다니는 거야 뭐라고 할 수 없지만 자기 개가 똥을 싸면

비닐봉지에 담아 치워야 하는데 그것을 안 치우고 줄행랑을 친다. 파리 거리 1킬로미터를 걸을 때 적어도 개똥 세 개는 발견하니까 파리 시내는 개똥의 거리라고 해도 지나친 말이 아니다.

파리 시민들은 개가 길거리에서 똥을 싸는 것이 아무렇지도 않은가 보다. 그래도 그렇지 자식처럼 사랑하면 똥 가리는 법을 가르쳐 철이 들게 하든지, 그게 안 되면 주인 된 도리로서 뒤처리를 해야 되는데 무책임하다.

영화배우 브리짓 바르도가 게거품인지 개 거품인지를 물면서 개 잡아먹는 한국 사람들을 야만인이라고 한국을, 한국인을, 한국문화를 비난했는데, 파리에 와서 보니 파리 사람들도 우리 못지않게 무식한 개 문화를 갖고 있다.

문화는 오물을 잘 처리하는 데서 꽃피울 수 있다. 중세 유럽 거리는 길에 버려진 오물덩어리 속에 발을 담근 채 걸어다녀야 할 정도였다. 오죽하면 오물에 발이 닿지 않게 하려고 하이힐을 신고 다녔겠는가! 결국 이런 오물 때문에 각종 전염병과 흑사병이 창궐하여 유럽인의 3분의 1인 3천만 명이나 죽었다.

참고로 화장실에 가서 큰일을 한 번 보면 대장균이 4조 6천만 마리가 나온다. 화장실 갔다가 손을 안 씻으면 사람이 나오는 것이 아니라 대장균 덩어리가 나오는 것이다. 수세식 화장실 등장은 병원균이 득실대는 대장균 덩어리를 집 안에서 집

밖으로 말끔하게 배출해 주는 역할을 했다. 수세식 화장실 등장으로 똥과 접촉이 완전히 차단된 현대인들은 더욱 수명이 길어졌다.

그런데 세계에서 가장 문명국가임을 자처하고 있는 프랑스 사람들이, 그것도 파리 사람들이 그 똥을 길거리에 늘어놓고 사니 그게 무슨 문명인이라고 할 수 있겠는가?

더욱이 거위 간으로 만든 푸아그라를 먹겠다고 거위들에게 옥수수를 강제로 먹여 기존 간보다 열 배나 커진 거위를 잡아 먹는 프랑스 사람들을 동물 애호가로 보기에는 무리가 있다.

브리짓 바르도라는 영화배우는 보신탕 먹는 우리나라 사람들을 미개인이라고 욕하기 전에 거위 괴롭히는 프랑스 사람들 먼저 말리고 파리 전역에 널려 있는 개똥이나 좀 치웠으면 좋겠다.

베르사이유 궁전의 정원.

부러운 밤 문화

개똥에만 불만이 있지 멋과 낭만을 지닌 파리 사람들까지 욕할 생각은 없다.

대한민국은 유럽 문화보다 미국식 소비문화가 먼저 들어왔다. 정부에서도 소비가 미덕이라며 소비를 부추기기까지 한 적도 있다.

유럽은 우리나라 소비문화와 확실히 다르다. 유럽은 절약이 몸에 배어 있다. 도시의 밤거리만 보아도 휘황찬란한 우리나라 명동 거리와는 하늘과 땅 차이다.

평창 서강에서 반딧불이와 별빛 달빛만 보고 살던 촌놈이 강의 때문에 도시 밤거리에 나가야 할 때가 종종 있다. 하늘 높은 줄 모르고 솟아 있는 빌딩, 휘황찬란한 네온사인, 어마어마하게 큰 광고판을 쳐다보면 정신이 하나도 없다. 길거리에 무슨 방이 그렇게 많은지 모르겠다. PC방, 노래방, 비디오방,

산소방, 찜질방, 황토방, 유아방, 놀이방…… 방 천지다. 우리나라 도심의 밤은 연산군이 기녀들을 데리고 놀았던 흥청망청 밤 같다.

대낮같이 환한 조명들이 혼을 쑥 빼놓는 거리에 술 취한 직장인, 학원 끝나서 귀가하는 초등학생, 자율학습 끝나고 귀가하는 고등학생, 노느라고 정신없는 대학생, 취직 안 되어 거리를 배회하는 이태백('이십대 태반이 백수'의 줄임말)들이 흘러넘친다. 어른도 취하고 아이도 헤매는 밤거리다.

도시의 밤은 그렇게 출렁거려야 하는 줄 알았고 관광지인 유럽은 더 정신없이 돌아갈 줄 알았다. 특히 로마와 파리는 더욱 더 심할 줄 알았다.

그런데 로마와 파리 어딜 다녀 봐도 조명등이나 퇴폐적인 향락은 찾아보기 힘들다. 상점의 간판조차도 화려한 조명등이 없다. 눈에 띄는 네온사인은 약국 표시뿐이다. 몸을 파는 거리의 여인들이 있기는 하겠지만 눈에 잘 띄지 않는다. 파리도 로마처럼 술집이라야 확 트인 길거리에 탁자와 의자를 놓고 술 한잔 시켜 두런두런 이야기하는 정도가 전부다.

우리나라 술집에 가 보면, 술꾼들이 비워 낸 빈병들이 패잔병처럼 식탁 위에 늘어서 있다. "아줌마 소주 하나 더요!"라고 소리 지르는 술꾼들의 목소리는 "진격 앞으로!"라는 소리로 들린다. 승리한 취객들은 온몸이 만신창이가 되어서야 전쟁터에서 일어난다. 술집이 아니라 전쟁터다.

나와 문 신부가 하루 관광을 마치고 시내 술집에서 와인이나 맥주 한잔을 시켜서 마셔 보았지만 "마시고 죽자!"라는 구호를 외치는 사람은 거의 없었다. 파리도 로마처럼 친구들이나 노부부가 마주 앉아 즐겁게 담소를 나누며, 가끔씩 들르는 집시들의 연주를 듣고 즐기는 것을 낙으로 삼는 것 같았다.

유럽의 밤 문화는 다정하고 절제되어 있다. 개똥을 안 치우는 파리의 문화를 배우면 안 되겠지만 절제되고 도덕적으로 안정된 유럽의 문화는 보고 배울 만하다.

2013년 생태마을 직원들과 함께 간 성지순례 중 파리 샹젤리제 거리의 에투알 개선문에서.

로마, 파리 그리고 서울

2천 년 동안 세계 교회의 중심이었던 로마를 순례하고, 유럽의 중심인 파리를 구경했는데도 왠지 가슴 한편에는 허전함이 밀려온다.

도시가 아름답고 건물들은 고풍스러우며 웅장한 성당들이 길 하나 건너 있어 거룩함까지 우러나오지만, 로마와 파리 도심 안에 서 있으면 뭔가 황량한 감정이 밀려오는 것은 어쩔 수 없는 노릇이다.

왜 그럴까? 자꾸 서울이 생각난다.

서울이 그립다

오늘 새벽에야 그 이유를 알았다. 속이 시원해지면서 무엇인가 알 수 없었던 답답함이 뻥 뚫리는 느낌이었다. 밋밋하게 펼쳐지는 끝없는 평지에 건물들만 우뚝 솟아 있는 로마, 파리의 풍경과는 달리 색깔이 있고 굴곡이 있어 다채로운 서울……. 웅장한 자태를 뽐내며 도심을 둘러싸고 있는 바위산들과 도심 한가운데를 유유히 흐르는 한강이 문득 보고 싶어졌다.

서울의 빌딩숲 한가운데 자리해 도시의 지루함을 없애 주는 남산, 남쪽으로 우뚝 솟아 서울을 지키고 있는 관악산과 청계산, 이 두 산 사이에 동생같이 귀엽게 서 있는 우면산, 나라 전체 기운을 모아 왕궁에 전해 주고 있는 인왕산까지 서울의 모든 풍경이 그리워졌다.

게다가 푸른 하늘에 높이 솟아 있는 도봉산의 자태는 로마, 파리, 북경 어디에서도 찾아볼 수 없는 장관이다. 도봉산은 맑은 날일수록 더욱 더 그 아름다운 빛깔을 자랑하지만, 흐린 날도 결코 그 아름다운 풍경이 지워지지 않는다. 혹시라도 바위산 중간에 구름이 걸려 있는 날은 한 폭의 동양화를 앞마당에 걸어 놓은 듯하다.

북한산은 북풍으로부터 서울을 보호해 주는 든든함이 서려 있다. 계곡마다 흐르는 옥수(玉水)는 금수강산의 진면모를 보여준다. 로마나 파리 어느 곳에 이렇게 맑은 개울물이 흐를 수 있을까?

북한산, 도봉산과 함께 차디찬 북풍을 막아주는 수락산이 만일 로마나 파리에 있었다면 세계적인 산으로 유명해졌을 것이다. 까짓것 도봉산까지 보낼 것도 없다. 불암산 하나만 보내도

족하다.

불암산 역시 아름다운 돌산으로, 동쪽에서 떠오르는 따듯한 아침 햇살을 서울로 맞아들이는 곳이다. 그 외에도 올림픽대로를 지나다 보면 근사한 정자와 함께 한강과 어우러져 풍요로움을 더해 주는 아차산과 용마산이 있다.

고개만 돌리면 저마다 자태를 뽐내며 서 있는 아름다운 산과 마주하는 서울 시민들은 산을 보기 위해 세 시간 이상 차를 몰고 외곽으로 나가야 하는 로마나 파리 시민들보다 훨씬 행복한 사람들이다.

베드로 성전 돔 꼭대기에서 내려다본 로마 시내는 그저 평평한 평지일 뿐이다. 언덕이 있을 뿐이지 서울처럼 아름답고 화려한 산은 그 어디에서도 찾아볼 수 없다.

에펠탑 꼭대기에 올라 바라본 파리 시내도 1천만 명이 넘게 산다는데 천편일률적인 도시 형태를 지니고 있다. 그나마 몽마르트 언덕이 평평한 평지에 살짝 솟아 있어 도시의 황량함을 조금 씻어 줄까? 로마나 파리의 경치는 소금 안 넣은 설렁탕처럼 맛이 밍밍하다.

몽마르트 언덕과 남산을 나무로 비교하자면 소나무와 사철나무 수준이다. 남산이 소나무라면 몽마르트 언덕은 사철나무다. 센 강! 센 강! 노래를 부르지만 한강의 아름다움에 비하면 센 강도 볼품없기는 마찬가지다.

이탈리아와 프랑스의 여러 왕궁을 구경했지만 경복궁과 창

평평한 평지에 봉긋 솟아 있는 몽마르트 언덕이 그나마 도시의 황량함을
조금 씻어 줄까, 로마나 파리의 경치는 단조롭고 밋밋하다.

경궁의 자연적 아름다움에는 못 미치는 것 같았다. 우리나라는
궁전 건물 곳곳에 아름다운 그림을 넣어 지은 집들과 후원의
소박함, 정원의 풍성한 숲이 자연과 조화를 잘 이루고 있다.

로마와 파리는 길도 직선이고 건물들도 직선으로 지어졌다.
그러나 서울은 곡선으로 둘러싸여 있다. 궁도 곡선이고 한옥마
을도 얼마나 아름다운 곡선으로 되어 있는가?

직선은 인간의 선이고 곡선은 하느님의 선이다. 하느님께서
는 해도 달도 둥그렇게 만드시고, 산도 사람 얼굴도 둥그렇게
만들어 놓으셨다. 세상을 둥글둥글하게 살라는 뜻일 게다. 하

북한산 비봉에서 바라본 삼각산(백운대, 인수봉, 만경대).
웅장한 자태를 뽐내며 도심을 둘러싸고 있는 바위산은 서울의 자랑이다.

지만 사람들은 둥근 선을 뾰족하고 직각으로 만들었다. 고층
빌딩도 그렇고 에펠탑도 그렇다. 직각이고 뾰족한 곳에 사는
사람들은 마음도 뾰족하고 날카로워질 수밖에 없다.

세계 속의 대한민국

어설픈 기행문을 쓰면서 한국 자랑하는 글들이 억지처럼 보
일지 모르지만, 다음 이야기를 들으면 절대 억지가 아님을 알
것이다. 로마와 파리에서 공부하고 있는 신부들 얘기를 들으면

한국이 좋은 나라라는 사실을 알게 된다.

한국을 다녀오지 않은 대부분 논문 지도 교수들은 한국을 아프리카의 여느 나라와 같이 미개하고 못사는 나라로 여기다가 기회가 닿아서 한국에 한번 다녀오면 한국 학생 대하는 태도가 달라진다고 한다. 무시의 눈총에서 놀라움과 존경의 눈빛으로 바뀐다. 어떤 교수는 한국에 다녀온 후 한국 학생의 논문 순서까지 다시 조정해 주었다고 한다. 논문을 쓰는 방향조차도 국력에 의해 결정되나 보다.

유럽인들은 한국을 아직도 6.25전쟁 직후 기아에 시달리는 나라로 생각한다. 실제로 이탈리아에서는 6.25전쟁에 참전한 할아버지와 한국을 관광한 손자 사이에 설전이 벌어지기도 한단다. 한국을 다녀온 젊은이가 너무 아름답고 사회 기반시설이 잘 갖추어진 나라라고 이야기하면, 6.25전쟁에 참전한 할아버지는 거짓말하지 말라며 윽박지른단다. 나도 그 할아버지들이 이해가 간다. 전쟁으로 온 나라가 폐허가 된 지 불과 40년 만에 2천 년 전부터 전 세계를 호령하던 이탈리아의 사회 기반시설을 따라잡을 수 있을 거라고는 상상하지 못할 테니까.

유럽 신문이 한국 여행 중 호텔에 가서 인터넷 되느냐고 묻는 것은 실례(失禮)라고 보도했다. 밥 한 끼에 20가지 이상 반찬이 나오는 음식 문화와 깨끗한 지하철을 타 보면 유럽인들은 놀라움을 금치 못한다.

문화의 우월감을 갖는 유럽인들을 경주에 한번 데리고 가면

를 단 40년 만에 세계를 주름잡던 로마가 있는 이탈리아와 동등한 수준까지 끌어올린 것은 대단한 일이라고 자부할 수 있다.

테러 때문에 불안에 떨지 않아도 되고, 지진으로 밤잠을 못 자는 일도 없고, 무시무시한 해일을 경험하지도 않는다. 북한이 핵을 개발하여 위협하고, 식량 자급률이 낮고, 에너지 자급률이 2.7퍼센트라는 사실만 빼고는 살기 좋은 나라다.

한국은 매일 아침 충격적인 뉴스거리가 보도된다. 굳이 변명을 하자면 1970년 이후 시작된 사회안전망 구축 속도가 너무 빨랐기 때문이다. 지금도 빛의 속도로 사회가 변해 가기 때문에 우리나라의 혼란은 당분간 지속될 것이다.

이제는 조급증을 없애고 숨 가쁘게 달려온 세월을 정리하는 작업이 필요하다. 우리나라는 자원도 넓은 땅도 없지만 가진 것 또한 많은 나라다. 없는 자원을 원망하기보다는 가지고 있는 장점을 소중히 여기고 가꾸는 긍정적 사고방식이 더 필요하다.

로마와 파리를 둘러보며, 조용필 씨가 부르던 '서울 서울 서울'이 생각난다.

'서울 서울 서울 아름다운 이 거리
서울 서울 서울 그리움이 남는 곳'

서울! 달려가서 어서 보고 싶다.

노인이 왕인 나라

유럽 땅이기 때문에 생소한 모습들을 많이 만나게 되지만 로마나 파리에서 특별히 낯선 장면은 노인들의 활보이다. 길거리 식당에서 점심을 먹고 있는데, 할머니 한 분이 개를 데리고 고급 백화점 쪽으로 향하더니 30분쯤 지나자 쇼핑을 마치고 큰 옷을 샀는지 커다란 종이 옷가방을 어깨에 메고 다시 내 앞을 지나간다. 내가 앉은 옆자리에는 노부부가 맥주를 마시고 있다.

덴마크에서는 양복은 노인들만 입을 수 있다고 한다. 젊은이들은 돈을 모으느라고 양복 사 입을 여유가 없다. 라스베이거스 카지노에서도 할머니들이 1센트짜리가 가득 담긴 돈 통을 들고 다니면서 노름을 즐긴다.

로마와 파리 시내 한가운데 자리 잡은 근사한 식당에는 노부부들이 앉아서 식사를 하는 장면이 너무나도 자연스럽고 당

유럽의 젊은이들은 점심 식사로 공원에서 3유로(3천 원)짜리 햄버거를 먹는다.
우리나라와 달리 노인들은 근사한 식당에서 식사를 하거나 백화점에서 쇼핑을 한다.

연하다. 명품 가게가 즐비한 파리 샹젤리제 거리는 노인천국이
다. 유럽이나 북미에서도 돈 쓰는 사람들은 노인이다. 비싼 음
식점에 앉아서 식사하는 젊은이들을 찾아보기 힘들다.

우리나라 탑골공원에서는 노인들이 빵 하나와 우유로 점심
을 때우는데, 유럽은 젊은이들이 공원에서 3천 원짜리 햄버거
로 허기를 채운다.

명동이나 강남 밤거리는 젊은이들로 북적거린다. 백화점에

가 보아도 젊은이들이 바글바글하다. 노인은 찾아보기 힘들다. 우리나라도 고령사회로 접어들어 65세가 넘은 노인이 650만 명이 넘는다는데, 그 많은 노인들은 다 어디에 계시고 젊은이들만 득실거리는지 모르겠다.

어느 학자의 말대로 우리나라 노인들은 어두운 뒷방에서 쥐처럼 세월을 보내고 있을 뿐이다. 있는 돈 없는 돈 끌어모아 자식 교육시키고, 그것도 모자라 남아 있는 재산마저도 자식 결혼시키고 집 장만해 주느라 주머니에 돈 한푼이 없어 뒷방에 들어앉아 있다. 슬프고도 슬픈 일이다.

노년이란 자식 다 키우고 노동력에서도 해방되어 여생을 즐기는 인생의 휴가철이다. 계절로 따져도 봄에 씨를 뿌리고 여름에 열심히 일하고 가을에 추수해서 광에다 먹을 것과 땔감을 준비해 놓고 맞이하는 겨울이 노년이다. 만약 광에 먹을 것과 땔감이 없는 노년이라면 죽을 때까지 춥고 배고프게 살아갈 수밖에 없다.

21세기는 100세 시대

우리 부모님 세대들은 너무나 힘겨운 시대를 살아 왔다. 나라 잃은 설움을 겪고, 2차 세계대전에 뛰어든 일본 때문에 놋으로 된 밥그릇과 숟가락까지 빼앗기는 착취에 시달려야 했다. 해방을 맞자마자 들이닥친 6. 25전쟁 때문에 고통을 받았다. 내

부모님도 지리산에 살면서 낮에는 경찰에게 밤에는 빨치산에게 괴롭힘을 당하셨다. 전쟁 후에는 보릿고개 때문에 배고픔에 허덕였고, 경제 개발해야 한다고 허리띠를 졸라매며 이 나라를 가난에서 해방시킨 장본인들이다. 그렇게 고생을 하고 이제는 존경받고 대접받아야 할 시기에 외롭고 쓸쓸한 노년을 보내서야 되겠는가.

해방이 된 후 갑자기 양반과 상놈의 계급 차별이 없어지자 부모 세대들은 논과 소 다 팔아서 자식 공부만 잘 시키면 출세할 수 있다는 신념이 생겼다. 판검사만 만들면 신분 상승도 하고 늙어서 호강할 줄로 굳게 믿었다. 그런데 예상이 완전히 빗나갔다. 출세한 자식이 자기들끼리 노느라고 늙은 부모님을 더 안 찾아간다.

지난 2천 년 동안 부모를 끔찍이도 섬겼던 전통 아래 호강할 줄 알았는데 호강은커녕 자식이 부모를 내다 버리는 세상이 되어 버렸다. 효(孝)자를 잘 살펴보면 늙을 로(老)와 아들 자(子)가 합쳐져 있다. 아들이 늙은 부모님을 업고 있는 형국을 효도라고 한다. 그런데 21세기는 아들이 부모를 업어서 내다 버리는 세상이 되고 말았다. 자식에게 설움받고 버림까지 받아 죽고 싶은데 의술이 발달해서 쉽게 죽지도 않는다.

2015년 여성 평균수명이 85세다. 30~40년 전만 해도 부모님이 60세가 되면 오래 살아 주셔서 감사하다고 자식들이 동네 사람들을 불러다가 성대한 잔치를 해드렸는데, 이제는 환갑잔치 한다고 초대장 돌리면 눈총받는 시대가 되었다.

100년 전만 해도 평균수명이 46세였다. 자식들이 성장해서 효도하고 싶어도 부모님이 기다려주지 못하고 돌아가셨다. 그래서 살아 계신 부모님을 하느님 섬기듯 했다. 언제 돌아가실지 모르니까 아침 저녁으로 문안드리고 방바닥이 따뜻한지 차가운지 잠자리까지 살펴 드렸다. 만약 효도할 시간도 허락하지 않고 돌아가시려 하면 자식들은 손가락을 깨물어 그 피를 입에 넣어드리는 단지(斷指)까지 했다. 끝내 돌아가시면 마저 하지 못한 효도를 더 하겠다고 부모 무덤 옆에 초막을 지어 3년 시묘살이까지 했다.

21세기의 노인들은 돌아가시지를 않는다. 요즘 대개 80세에서 100세까지 사신다. 75세 이하를 청노인(靑老人)이라 부른다.

우리나라 할머니, 할아버지들은 생각을 크게 고치셔야 한다. 자식들에게 재산 물려줄 생각 하지 말고 그나마 남아 있는 재산으로 인생의 휴가철인 노년을 행복하게 살 궁리를 해야 한다. 60이 되어서 자식들에게 재산 다 물려주고 빈털터리로 100세까지 산다면 남은 40년의 인생은 비참하기 이를 데 없을 것이다.

'노세 노세 젊어 노세 늙어지면 못 노나니!'

이 노래는 평균수명 40세 때 노래이다. 언제 죽을지 모르니 젊었을 때 맘껏 놀자는 푸념 섞인 노래이다. 시대는 변했다. 평균수명이 80세가 넘었다. 노랫말도 바뀌어야 한다.

'노세 노세 늙어 노세 늙어지면 안 죽나니!'

노년의 세 가지 고통

나이를 먹으면 세 가지가 고통스럽다.

첫 번째로 몸이 아프다.

눈도 안 보이고, 무릎도 시큰거리고, 허리도 꼬부라진다. 게다가 당뇨나 고혈압까지 있으면 하루하루 견디기 힘들다. 몸이 아프면 본인만 짜증나는 것이 아니라 함께 사는 가족도 힘들기 마련이다. 매일 인상 찡그리는 시부모를 좋아하고 보살펴 줄 며느리 찾는 일보다 낙타가 바늘구멍 통과하는 게 낫다. 본당 신부는 90이 넘은 시부모를 정성스럽게 모시고 사는 며느리를 찾아서 교황청에 알려 바로 성인품(聖人品)에 올려 주어야 한다. 성인이 되려면 기적 심사를 해야 하는데 90이 넘은 시부모를 정성스럽게 모시는 며느리는 기적 심사를 할 필요도 없다. 40년 50년 세월을 시부모 모시고 산 효도가 기적이다.

두 번째로는 친구가 없다.

늙어서 친구가 없으면 외롭다. 혼자 있는 시간이 길어지면 좋은 생각보다는 우울한 생각을 더 많이 하기 마련이다. 2년 전에 자식이 섭섭하게 한 일 생각하고, 1년 전에 며느리가 섭섭하게 한 일 생각하며 다 둔 바둑 복기(復棋)하듯이 인생 복기가 일과가 되어 버린다. 늙을수록 속이 좁아진다. 돈이 없기 때문에 유럽 노인들처럼 홀홀 털어 버리고 여행 다닐 처지도 못 된다.

세 번째로 한국 노인들은 돈이 없다.

나이를 먹으면 돈이 더 필요한 법인데 본인이 이렇게 오래 살 줄 모르고 노년을 전혀 준비하지 않았다.

이런 세 가지 이유로 지금 70~80대 세대는 불행한 노년을 보내고 계신다.

아름다운 황혼을 준비하라

세상이 얼마나 아름다운가?

아름다운 산, 예쁜 꽃, 싱그러운 공기와 생기를 전해 주는 나무, 바라만 보고 있어도 속이 확 뚫릴 듯한 광활한 바다, 멋들어진 유적지, 맛있는 음식, 이 모든 축복을 누릴 수 있고 느낄 수 있는데도 아무 것도 할 수 없는 노년의 세월은 너무 불행하다.

연금제도가 잘 되어 있는 북미나 유럽 선진국 노인들은 시간 많고 돈 많으니까 샹젤리제 같은 아름다운 거리에 나가서 근사한 저녁식사도 하고 즐거운 대화도 나눈다.

나무는 뿌리가 튼튼해야 실한 열매를 맺는다. 어느 사회든 뿌리인 노인이 행복해야 중년층이나 청소년들이 행복할 수 있다. 우리 뿌리인 노인들의 행복 문제에 더 관심을 가져야 한다.

부모는 자식들에게 문서 없는 노비가 아니다. 죽을 때까지 자식에 매여 시중드는 종이 아니다. 적어도 고등학교 졸업하면 그때부터는 경제적으로 독립을 해야 한다. 부모들이 자녀들 대학 학비 다 대주고, 술값, 책값, 유흥비에 심지어는 결혼자금과 사업자금까지 대주는 선진 국가는 없다. 부모님 삶은 생각지도 않은 채 돈 더 벌겠다는 욕심으로 무리하게 시작한 사업이 망하기라도 하면, 평생을 저축해서 마련한 집까지 팔아 빚잔치하는 나라는 우리나라밖에 없을 것이다.

자식들은 부모 재산이 내 재산이라는 도둑 심보를 버려야 한다. 부모 재산 믿고 게을러지고, 무리하게 사업을 전개하는 일도 없어야 한다. 부모가 돌아가시기도 전에 부모 재산을 탐낸다면 그게 바로 도둑이다.

21세기는 노인의 시대이다. 은퇴하고도 30~40년을 더 산다.

태양은 두 번 아름답다. 뜰 때 아름답고 질 때 아름답다. 우리 인생도 태어날 때 관심과 사랑이 필요하고, 황혼도 돌봄이 필요하다.

황혼이 아름다운가 지루한가는 노인과 자식이 어떻게 준비하느냐에 달려 있다. 한국에서도 길거리 카페에서 노부부가 와인 한잔을 앞에 두고 다정하게 대화하는 모습이 등장하길 바라며 샹젤리제 거리를 떠났다.

프랑스혁명과 가톨릭

프랑스는 이탈리아와 달리 신앙의 활기를 찾아볼 수 없다. 주일날 미사 참례 비율이 7.2퍼센트에 불과하다. 길 하나 건너 성당이 줄줄이 서 있는데도 교회와 무관하게 사는 사람들이 90퍼센트나 된다. 신학교 지원하는 젊은 청년들이 없어서 사목 하는 사제들은 늙은 분들밖에 없다. 수녀님들도 젊은 사람은 없고 전부 허리 꼬부라진 할머니들이다.

이미 고인이 되신 대전교구 황민성 주교님이 머물면서 공부 했다는 성 쉴피스 신학원도 늙은 수녀님과 신부님들이 지키고 계신다.

프랑스에는 더 이상 신학교나 수녀원을 지원하는 젊은 성소 자(聖召者)가 없다. 불과 200년 전만 해도 전세계로 선교사를 파견했는데 이제는 거꾸로 다른 나라 선교사들이 프랑스 천주 교회를 위해 들어온다. 성 쉴피스 신학교는 이미 없어졌다. 사제가 되겠다는 신학도들은 우리나라, 폴란드, 베트남, 인도, 아프리카 신학생들이다. 이번 여행 중 파리에서 머물고 있는 성 쉴피스 신학원도 외국에서 공부하러 온 유학생들과 일반 학생들에게 숙소를 제공해 주는 기숙사로 전락했다.

프랑스 사회 안에서 신부는 그리 존경받는 자리가 아니다. 국가가 신부들에게 월급을 주기 때문에 일반 직장인처럼 그저 또 하나의 다른 직업을 가진 사람들일 뿐이다.

신부에게 더 이상 성직(聖職)이란 단어를 붙여 주지 않는다. 심지어 반(反)성직자주의(Anticlerism)자들은 신부들에게 적대심까지 가지고 있다. 사제를 상징하는 로만칼라가 의미 없는 이곳 프랑스 신부들은 할아버지 신부님들을 제외하고 거의 로만칼라를 하지 않는다. 자신이 불교도라고 말하는 프랑스인은 15퍼센트나 된다. 심지어 이슬람교도도 10퍼센트나 된다.

가난한 이들을 외면한 교회

가톨릭교회와 2천 년 역사를 함께 해온 프랑스 교회가 왜 이 모양이 되었을까? 노트르담 성당이 있고, 루르드 성모 발현 성지가 있으며, 수많은 성인 성녀들을 탄생시킨 프랑스 가톨릭이 왜 이 모양이 되었는가?

이유는 간단하다. 가난한 사람들과 함께하지 않은 교회는 1789년에 일어난 프랑스혁명 때 모든 걸 다 잃어 버렸다.

환경 공부를 하는 신부로서 프랑스혁명은 아주 흥미롭다.

6천5백만 년 전 미행성 대충돌로 엄청난 불이 일어나 그 연기가 태양 빛을 차단하며 핵겨울을 몰고 왔다. 그 시기에 1억 5천만 년 동안 지구를 호령하던 공룡이 한순간에 사라진 것과 같은 과정을 프랑스도 겪는다.

1780년 초에 아이슬란드 화산 분화와 일본의 아사마 화산 분출이 일어났다. 화산이 분출할 경우 화산재가 태양 빛을 차단하여 추위를 몰고 온다. 6년 동안 태양 빛을 막아 버린 화산재는 프랑스에 극심한 흉년을 몰고 왔다. 1788년부터 1789년까지 추위는 극에 달했고, 배고픔과 세금에 시달리던 백성들은 혁명을 일으켜서 왕족과 귀족 그리고 사제 계급을 한순간에 몰락시켜 버리고 만다.

혁명에는 갈아엎어야 할 대상이 있기 마련인데 불행하게도 그 대상 가운데 제1의 목표가 성직자들이었다. 당시 프랑스에는 앙시앵 레짐이라는 신분제도가 있었는데 첫 번째 계급이 바로 성직자였다. 그 당시 10만 명이나 되는 성직자들은 국토의 10분의 1을 소유하고 있었다. 제2의 계급은 귀족이었는데 40만 명밖에 되지 않는 이들이 국토의 5분의 1을 소유하고 있었다. 국민의 96퍼센트를 차지하는 2천7백만 명이나 되는 일반인들은 그 나머지 토지를 가지고 생계를 유지해야 했다.

시민들은 6년 동안 극심한 추위와 기근으로 죽어 가고 있는데, 귀족들과 성직자들은 오히려 세금과 종교세를 걷느라 혈안

이 되어 있었다. 분노한 시민들은 가장 추웠던 1789년 5월 봉기를 일으켰고, 왕 루이 16세와 왕비 마리 앙투아네트를 단두대의 이슬로 사라지게 하고 성직자와 귀족들도 눈에 띄는 대로 잡아 죽였다.

열심한 시골 본당 신부와 가난을 함께 한 신부들은 교우들이 몰래 피신시켜서 목숨을 구한 분도 더러 있었지만, 많은 경우 시민군 칼에 목숨을 잃고 말았다. 국민이 주인인 시대가 열리는 순간이었다.

가난한 이들을 외면한 교회는 혁명을 통해 철저히 해체되었고 재산은 전부 빼앗겼다. 기근이 심했을 때 성직자들이 먹을 식량을 나누었다면 국민들로부터 외면당하지 않았을 것이다.

시대의 흐름을 읽지 못하고 초대교회 정신으로 살지 못한 교회의 끝이 어떤지를 극명하게 보여주는 예가 프랑스 교회이다.

늘 깨어 있어라

요즘 우리나라도 각 교구마다 늘어나는 교우들을 위해 성당 짓느라고 거의 모든 돈을 쏟아 붓고 있다. 신앙생활 하는 교우들이 늘어나는지는 잘 모르겠지만 미사 참례 숫자가 25퍼센트밖에 안 되니까 500만 교우들 중에 주일날 성당을 찾는 숫자는 100만 정도이다. 10년 전 성당 숫자로도 감당할 수 있다는 이야기다.

성당을 나오지도 않는 허수에 맞추어서 건물을 신축하는 오류를 범하고 있는 것은 아닌지 되묻고 싶다. 하루 벌어 그날 지내기도 빠듯한 교우들은 성전 신축금을 못 내기 때문에 차츰 성당을 멀리하게 된다. 성당 짓다 보면 자연스레 어려운 이웃 돌보는 일도 소홀하게 된다. 우리 교구도 본당 재정 중 10분의 1은 어려운 이웃을 위해 쓰라는 규정이 있지만, 신축 중인 성당 가운데 그 규정을 따르는 곳이 몇 곳이나 되는지는 의문이다.

한국 가톨릭교회는 200년 전 프랑스 교회처럼 엄청난 권력도 재산도 가지고 있지 않지만 곳곳에서 부패한 모습이 드러난다.

노트르담 성당이 아무리 크고 스테인드글라스 색깔이 화려한들 무슨 소용이 있는가? 미사 참례하는 교우들이 없어서 그 큰 성당이 주일날 텅텅 비는 것을……. 심지어 성당을 팔아 영화관이나 술집으로 변하기도 한다.

200년 전 프랑스 교회가 시대적 징표를 읽지 못해서 고통을 받았다면, 현대 교회는 급변하는 환경 재앙의 징표를 읽을 줄 알아야 한다. 21세기를 맞이하는 교회는 성전 신축이 아니라 다가올 환경 재앙을 피하기 위한 노아의 방주를 만들어 놓아야 한다.

2천 년 역사를 지닌 프랑스 교회도 한순간에 무너지는 판국에 한국 교회가 무너지지 말라는 법은 없다. 성 쉴피스 기숙사 마당을 거닐면서 마태오복음 13장 36절의 말씀 '주인이 언제 올지 모르니 늘 깨어 있어라!'를 묵상했다.

21세기는 여성의 시대

문희종 신부가 로마에서부터 나에게 단단히 다짐받은 약속이 있다. 여행 계획을 하루 포기하고, 파리 가톨릭대학에서 공부를 마치고 박사 학위를 받는 곽진상 신부를 축하해 주자는 제안이었다.

알아듣지도 못하는 프랑스어로 무려 네 시간 걸리는 박사학위 논문 심사 과정을 꼬박 앉아서 들었다. 남들은 곽 신부 발표 중간 중간 웃기도 하고 공감하는 듯 고개를 끄덕이기도 했지만 내 귀에는 "숑숑, 흐흐" 소리만 들렸다. 곽진상 신부는 단상 아래에서 요약한 논문을 발표하고, 단상 위에는 노교수, 60이 넘은 교수, 그리고 젊은 교수가 앉아서 질문도 하고 평가도 하고 그러는 것 같았다.

그런데 생각지도 못한 사람이 한가운데에 앉아 있었다. 여성이었다. 신학교에서 박사학위 논문 심사를 하는데 여자가 한가운데에 앉아 있다? 놀라운 장면이다. 한국 신학교에서는 꿈도 꾸지 못할 일이다. 그런데 글쎄 그 여성이 곽 신부에게 신학 박사학위를 주는 대학장이란다.

호주제도를 폐지시킨 우리나라 여성처럼 프랑스에서도 여성들의 활약이 대단하다.

프랑스는 여성들이 말로 다 할 수 없는 억압을 당하며 여성 해방운동이 처음으로 일어난 나라다. 여성은 집안의 소유물로서 아버지가 딸을 수녀원에 강제로 집어넣을 수도 있었고 계약 결혼도 성행했다. 프랑스 여성들은 68혁명(1968년 여성들이 남성과 동등한 권리를 누리기 위해 일으킨 혁명)을 통해 낙태를 합법화했고, 쌍방 합의이혼법을 제정했으며, 강간을 범죄로 인정하여 강간자를 처벌하는 법을 제정했다. 앙시앵 레짐 시대는 여자를 가정의 부속물로만 여겼는데, 68혁명 이후 여성들은 가정이라는 울타리를 벗어나 4분의 3이 경제활동을 하고 있다.

길거리 어디를 가도 남성보다 여성이 훨씬 많았다. 성 쉴피스 신학원 앞에 유명한 섬유예술학교가 있는데 거기에도 여학생들이 바글바글하다. 그 앞 디자인학교도 정문에서 수업을 기다리는 학생을 보니 대부분이 여성이었다.

확실히 21세기는 여성의 시대인가 보다.

불과 100년 전만 해도 우리나라 여성들 역시 외출할 때면 장옷을 둘러쓰고 길거리에 나서야 했고, 양반집 규수는 아예 길거리에 나갈 생각을 못했다. 하지만 지금 대한민국 여성들은 길거리를 완전히 장악했다.

백화점 입구에 서서 남자와 여자 숫자를 비교해 본 적이 있다. 정확하게 여성이 70퍼센트이고 남성이 30퍼센트였다.

어머니의 출세

우리 집만 보더라도 여성의 시대가 도래(到來)한 것이 확실하다. 어머니 아버지는 결혼하신 지 70년이 다 되어간다. 6.25전쟁 이전에 결혼하신 어머니는 부뚜막에서 밥을 드셨다. 옛날에는 부엌에서 소도 같이 키웠으니까 소하고 같이 밥을 드셨다.

어머니는 지금도 밥을 3분이면 다 드신다. 뭐가 그리 급해서 빨리 드시느냐고 물으면, 옛날에는 밥 빨리 먹고 소 꼴 먹이고 밭에 나가 김매고 길쌈하고 애 젖 먹이느라고 차분히 앉아서 밥을 먹는다는 것은 상상도 할 수 없었다고 말하신다.

내가 초등학교 때 어머니는 밥상 밑 방바닥에 밥그릇을 놓고 식사를 하셨다. 어린 나는 '밥상 위에도 자리가 많은데 왜 꼭 밥상 밑에서 식사를 하실까?' 하고 궁금해 했다. 그런데 어머니에게는 밥상 밑에서 식사하시는 것도 출세였다. 부엌에서 방바닥으로 진출하는 데 걸린 시간이 20년이었다.

시간이 흘러 내가 신학교에 들어간 뒤 방학 때 집에 가보니 어머니 밥그릇이 밥상 위로 올라와 있는 것이 아닌가! 다시 말해 아버지와 마주 보고 식사를 하셨다. 이 장면을 다른 말로

'맞먹는다'라고 표현할 수 있다.

밥을 마주 보고 먹는 것은 동등한 신분이라는 뜻이다. 100년 전만 해도 여자들은 신분이 달랐기 때문에 밥을 따로 차려서 각상을 했다. 부부가 겸상을 할 수 없었다.

어머니의 밥그릇이 방바닥에서 밥상 위로 올라와 아버지와 겸상하는 데 다시 20년의 세월이 걸렸다. 장하신 어머니 밥상 역사다.

어머니는 이제 25년 전 정년퇴직을 하고 집에 계신 아버지에게 더 이상 밥을 차려 주지 않으신다. 성당 모임과 친구들 계 모임을 하기 위해서 아침에 집을 나가시면 그만이다. 점심식사는 아버지가 손수 차려 드신다.

아버지는 스스로 밥을 차려 드시면서도 왜 밥을 차려 주지 않느냐고 불평하지 않으신다. '그저 이 늙은 나이에 집에서 쫓겨나지 않고 밥 세 끼 먹을 수 있는 것만 해도 행복이다.'라고 생각하면서 기쁘게 손수 밥을 차려 드시는 것 같다.

50여 년 만에 남성과 여성의 위치가 완전히 뒤바뀌어 버렸다.

여성은 하느님나라 건설의 협력자

우리 집뿐만 아니라 사회 모든 면에서 보더라도 그렇다. 2005년 외무고시 수석도 여성이고, 최연소 합격자도 여성인 걸 보면 앞으로 여성들의 약진은 대단할 것으로 예상한다. 올해 판사 임용이 110명이었는데 그 중 여성 판사가 54명이나 된다.

이제 집안에 딸이 없고 아들자식만 있다면 그 집은 며느리에게 희망을 걸어야 한다. 딸만 둘 둔 집은 금메달, 딸 하나 아들 하나 둔 집은 은메달, 아들만 둘 둔 집은 목메달이다. 만약 딸자식이 있으면 역사의 한 장을 장식할 인물이 태어났다고 생각해도 좋다.

21세기에 여성을 무시하면 어느 공동체든 어느 사회든 망하게 되어 있다.

유일하게 여성들이 제 목소리를 못 내는 공동체가 있는데 가톨릭교회다. 남자들 잔치가 이루어지는 공동체다. 내 짧은 생각에 한국 가톨릭교회는 반쪽의 힘만으로 힘겹게 선교전선에 뛰어들고 있다. 남자들만 하느님 복음 선포에 앞장서면 점점 동력을 잃어갈 수밖에 없다. 좋건 싫건 세상은 여성들이 중요해졌고, 이 시대의 징표를 읽어내지 못해 대처할 능력을 키우지 못하면 망하고 만다.

독일 최대 기업인 코닥 회사가 망하리라고는 그 누구도 상상하지 못했을 것이다. 그러나 디지털카메라 등장으로 2002년부터 경영난을 겪던 코닥 회사는 3년 만에 최종 부도 처리되었다. 시대 변화를 읽지 못했기 때문이다. 가톨릭교회도 재적응(Readaptation)을 하지 못하면 큰 후회를 하게 될 것이다.

파리 가톨릭대학의 신학 박사학위를 수여하는 여성 심사위원장을 보며 교회 내에도 여성이 하느님 나라 건설에 동등한 협력자로 자리 잡기를 기원해 보았다.

아 참! 곽진상 신부는 파리 가톨릭대학에서 신학 박사학위 점수로 논문이 바로 출판될 수 있는 뛰어난 평가인 '엑설런트 (excellent)'를 받았다. 파리 가톨릭대학에서 10년 만에 나온 최고의 성적이란다. 내 비록 알아듣지는 못했지만 10년의 결실에 큰 박수를 보낸다.

2007년 능평성당 성모회 및 가족과 함께 한 성지순례 중 루르드 성지에서.

떼제로 가는 길 ✿

프랑스 남부지역에 있는 떼제로 가기 위해서 기차에 몸을 실었다. 떼제는 아주 작은 마을이기 때문에 '막꽁' 역에서 내려 다시 버스를 타고 들어가야 한다.

한국 고속열차도 타본 적이 없는 촌놈이 프랑스에서 고속열차인 테제베(TGV) 기차를 타본다. 열차 내부는 유럽을 횡단하는 유로열차보다 훨씬 비좁다.

앞좌석에서 두 살쯤 되어 보이는 아이가 소리를 지르며 몹시 시끄럽게 한다. 세상 어디를 가나 아이들은 시끄러운 모양이다.

파리의 날씨는 늘 우중충하다. 날씨가 맑다가도 갑자기 구름이 밀려와 비를 흩뿌린다. 이 날씨가 며칠을 끄물대더니 오늘은 보슬보슬 비님이 내리기 시작하다가 급기야는 테제베 기차의 창문을 세차게 두드리면서 제법 많은 양의 비님이 오신다.

이탈리아, 프랑스 어디를 가나 야산 중턱까지는 밭으로 개간을 해서 농지로 사용한다.

차창을 때리는 비님도 고속으로 부딪히는지 소리가 몹시 요란
하다.

차창 밖으로 펼쳐진 평야에는 무와 옥수수밭이 끝없이 이어
지고 있다. 옥수수밭에서 까마귀가 옥수수 알을 파먹고 있다.
생태마을에도 멧돼지들이 옥수수를 다 갉아먹어 속이 상했는
데 프랑스의 농부들도 까마귀들 때문에 속상할 것 같다. 겨울
김장을 위해 심어 놓은 무 새순을 고라니와 멧돼지들이 다 뜯
어 먹어서 다시 파종을 해놓고 왔는데 까마귀들을 보니 불현

듯 생태마을 무밭이 걱정된다.

기차가 겁나게 빨리 달린다. 파리에서 떼제까지 450킬로미터의 거리를 1시간 40분에 주파한다니 시속 300킬로미터는 족히 되는 것 같다.

기찻길 양 옆으로 조림지역도 상당히 많았다. 이들도 나무의 중요성을 아는 것 같지만 야산은 모두 경작지로 개간해서 사용하고 있었다.

대개간 운동으로 국토의 55퍼센트가 농지로 둘러싸여 있는 들판은 넉넉하고 여유로워 보인다. 농산물 수출이 미국에 이어 세계 2위인 프랑스는 자연과 적당히 타협하면서 풍요롭게 살아가고 있었다. 프랑스의 파리가 부러운 게 아니라 드넓은 농토가 탐났다.

산을 절대로 개발할 수 없다는 신념을 갖고 있는 우리나라도 산을 이용해서 식량을 증산할 묘안이 있다. 현재 골프장들이 많이 들어서 있는데 만약 미국이나 중국에서 식량을 들여오지 못하면 골프장 잔디를 밀밭이나 보리밭으로 바꾸면 훌륭한 농토가 될 것이다. 스위스만 해도 전쟁이 일어나면 국회의사당 앞 장미 밭을 감자 밭으로 바꾸는 계획이 세워져 있다는데, 잘 다듬어지고 손질되어 있는 골프장을 밀밭으로 바꾸는 일은 생각만 해도 신바람이 난다.

현재 우리나라에 골프장이 400여 개가 넘는다. 평수로 따지자면 1억 평 남짓하다. 일본처럼 골프장을 유사시에 농토로 쓸

수 있도록 국회의원들이 법안을 만들어 놓으면 좋겠다.

프랑스에 와 보니 7부 능선 이상은 나무를 남겨 놓고 7부 능선 아래는 전부 개간을 해놓았다. 산 중턱까지 펼쳐진 농토는 보기에도 좋다.

문 신부는 어제 프랑스에서 공부하고 있는 신학생들에게 술 한잔 사준다며 나가더니 새벽에야 들어왔는지 곤히 떨어져 잠을 자고 있다. 기차는 목적지를 향해 쏜살같이 들판을 가로지르며 달려 나가고 있다.

용감한 가족 🌼

떼제 공동체에 발을 디뎌 보니 사람들이 구름떼처럼 몰려드는 가운데서 수원교구 정자꽃뫼성당을 다니는 교우 가족을 만났다. 내 부모님도 수원 정자꽃뫼성당을 다녀서 그런지 유난히 정이 갔다. 마음 좋게 생긴 아빠는 베드로, 조용하고 눈빛이 차분한 엄마는 세실리아, 학구파로 생긴 초등학교 6학년 큰아들은 빈첸시오, 개구쟁이처럼 생긴 둘째 사내아이는 요셉, 그리고 오빠들 뒤를 졸졸 따라다니며 귀찮게 하는 막내는 오틸리아의 세례명을 가진 딸로 이루어진 성가정이다.

온 가족이 3개월 동안 유럽 성지순례를 나왔다고 하는데 등에 매달린 짐을 보니 아빠 배낭도 산더미고, 엄마 보따리도 만만치 않았다. 초등학생 아들들 괴나리봇짐도 내가 짊어지기에도 힘겨운 무게였다.

첫 번째 행선지가 떼제이고, 두 번째는 걸어서 가는 스페인

'돌아온 탕자(The Return of the Prodigal Son)', 렘브란트(1669년 작).

콤포스텔라 성지순례, 세 번째는 성모님의 발현지인 루르드, 네 번째는 슬로베니아의 생태공동체 방문이란다. 정말 용감한 가족이다.

특히 스페인 도보 성지순례는 한 달 동안 프랑스 생장피에르포르에서 출발하여 피레네 산맥을 따라 스페인 서북부 끝 산티아고 성당까지 무려 770킬로미터를 걷는 고난의 길이다. 매년 10만 명 이상이 카미노 도보 성지순례를 한다.

카미노 성지순례를 마치면 공식증명서 '콤포스텔라(compostella)'를 아이들에게 꼭 주고 싶다는 부모와 잠깐 이야기를 나누었다. 진정한 행복이란 경쟁사회에서 남을 이겨 더 가지고 더 누리는 삶이 아니라 자연 안에서 서로 사랑하며 살아가는 것이라고 그들은 말했다. 아이들이 떠오르는 태양을 보고, 파릇하게 돋아나는 새싹의 보드라운 촉감을 느끼며, 곱게 물든 단풍 속에 파묻혀 살아가기를 바라는 부모였다. 한 글자라도 더 공부해야 하고 한 아이라도 성적으로 앞서야 하는 초등학생 셋을 데리고 3개월간 여행을 떠난 이 부모들이 존경스럽다. 성지순례가 끝나고 귀국하면 '예수살이 공동체'에 들어가 단양에서 농사짓고 살 것이란다.

출세병이 든 한국

미국이나 유럽 청년들은 대학을 휴학하고 아프리카나 오지에 가서 봉사활동 하는 경우가 많다. 대부분 봉사하는 동안 세상과 인생을 바라보는 눈이 확 달라진다. 파푸아뉴기니에 갔을 때도 여러 나라 대학생들이 와서 봉사활동을 하고 있었다. 가까운 일본만 해도 100여 명이 봉사활동을 나와 있었다. 한국에서는 오로지 한 청년이 6개월 정도 봉사활동을 나와 있을 뿐이었다.

우리나라 젊은이들이 대학을 휴학하고 UN 산하기관에 가서 봉사활동에 참여하는 일은 쉽지 않다. 이유는 공부해야 하기 때문이다. 한국 사회는 출세 병이 있다. 판검사·의사가 되어야 하고, 돈을 많이 벌어야 하고, 꼭대기까지 올라가야 한다. 그냥 지금 이 자리에서도 얼마든지 행복할 수 있는데……

어떤 사람들은 경제가 이렇게 어려운데 해외여행은 배부른 소리라고 할지 모르겠지만 그렇지 않다. 아이들 학원비만 모아도 온 가족이 매년 해외여행을 할 수 있다. 우리나라 사회 전체가 앓고 있는 깊은 중병이 바로 대학 병이다. 공부할 능력이 되고 배우고 싶은 열정이 있는 젊은이들만 대학에 가야 하는데 남들이 가니까 분위기에 떠밀려 가는 한량이 많다.

우리 아이들에게는 오로지 선생님만 있다. 학교에 가도 선생님, 학원에 가도 선생님, 집에 가도 선생님 역할을 자처하는 부모들…….

본당 신부 할 때 가정 방문을 해보면 중·고등학생들 때문에 화가 날 때가 한두 번이 아니다. 방문하는 집에 들어서면 부모님은 본당 신부를 정성스럽게 맞이하는데 아이들은 자기 방에서 아예 나오지를 않는다. 그 이유는 자기는 공부하기 때문에 신부뿐 아니라 누가 와도 방에서 나오지 않는다는 것이다. 공부한다는 이유 하나로 예(禮)를 상실한 학생들이 얼마나 유세를 떠는지 모른다. 중학생만 되면 시험 때문에 학원 때문에 성당에 나오지 않는다.

아이 셋을 데리고 공부공화국 대한민국을 탈출해 온 베드로와 세실리아 부부는 아이들에게 참 좋은 부모님이다. 그래서 그런지 아이들 얼굴도 밝고 명랑하다. 음식이 입에 전혀 맞지 않는데도 불평 없이 잘 먹는다. 특히 큰아이와 둘째아이는 2005년 평창 생태마을에서 환경 교육을 받은 아이들이라 비님이 오시니까 대뜸 "어! 비님 오신다." 한다. 생태마을에서 목이 터져라 교육한 보람이 있다.

엄마 이야기로는 생태마을에서 환경 교육을 받고 오더니 자연을 바라보는 눈이 많이 달라졌다고 한다. 산의 나무가 예전의 그 나무가 아니고, 하늘에서 내리는 비님이 예전의 그 비님이 아니었던 것이다. 고마운 비님이고 나무님으로 바라본다.

용감한 가족을 바라보며 인생을 살아가는 동안 소중한 것을 담아가면서 살 줄 아는 공동체가 될 것이라는 믿음이 갔다. 그들의 여행에 미카엘, 라파엘, 가브리엘 천사가 함께 하시기를 간구했다.

떼제 공동체 🌼

떼제에 도착한 날이 90세가 다 된 로제 수사님이 운명을 달리한 지 꼭 한 달 되는 날이었다. 저녁 미사는 로제 수사님을 기념하며 특별히 봉헌하였다.

떼제 공동체 창설자인 로제 수사님은 교회 일치운동에 크나큰 기여를 하신 분이다.

로제 수사님은 세계대전이 한창인 1940년에 공동체를 시작했다. 프랑스 남부지역 조그마한 동네에 자리를 잡고 그 지역 이름을 따서 '떼제 공동체'라고 불렀다. 떼제 공동체는 세계 25개 나라에서 온 형제들로 이루어져 있는데 천주교 사제들도 여덟 분 정도 생활한다. 물론 개신교 성도들도 꽤 있어 보인다. 한국에서 오신 수사님도 두 분 계신다.

떼제 공동체는 종교, 언어, 인종을 뛰어넘어 오로지 하느님만 찬미한다. 자기네 교회 내에만 하느님이 존재하고, 자기네 교회에 다녀야만 구원이 있고, 자기네 교회에서 기도해야만 하느님이 들어 주신다고 주장하는 어리석은 이들에게 하느님은 어느 누구의 전유물이 될 수 없음을 밝히 드러내 보여주는 공동체다.

요한 바오로 2세 교황님도 떼제는 사막을 지나가다가 만나는 오아시스 같은 곳이라고 칭찬을 아끼지 않으셨고, 요한 23세 교황님은 떼제를 '봄소식'이라고 표현하셨다. 또 로제 수사님은 가톨릭 교우가 아닌데도 성체를 영할 수 있는 특권을 교황님으로부터 부여받았다. 요한 바오로 2세 교황님이 교회 일치운동에 공헌한 로제 수사님을 무척이나 사랑하셨다고 많은 이들은 이야기한다.

평생을 한마음으로 살아오신 로제 수사님은 어린 아이를 참 좋아하셨다. 기념 미사 끝에 수사님들이 어린 아이들 손을 잡고 퇴장하는 장면에서 예수님께서 어린 아이를 안고 축복하신 모습이 떠올랐다. 이제는 하느님 앞에서 어린 아이처럼 맑은 모습으로 영원한 행복을 누리시기를 기도했다.

수사님을 기억하는 미사는 엄숙했고 가끔은 눈물을 짓는 사람들도 있었다.

한 달 전 정신병자 여인이 휘두른 칼에 찔려 안타깝게 돌아가신 수사님의 죽음을 슬퍼하기라도 하는 듯 날씨가 끄물끄물했다. 급기야는 소낙비가 내리고 기온이 급강하했다. 체감온도가 영하로 느껴졌다.

소박함이 느껴지는 떼제 공동체의 안내소.
떼제 시설은 아주 열악하다. 침실에는 세면대나 샤워장은 물론이고 화장실도 없다.

모두가 평등한 그곳

떼제 공동체에 도착해 보니 세계 각국에서 약 1천여 명이 와
있었다. 방문객 대부분은 일주일 동안 머무는데, 방 배정을 할
때 자신이 할 수 있는 봉사를 정한다. 청소, 설거지, 성가대, 언
어 봉사 중 하나를 선택한다. 우리가 처음 도착했을 때 독일인
으로서는 보기 드물게 예쁘게 생긴 아가씨가 영어로 안내했다.
그 아가씨 역시 직원이 아니라 자원봉사로 입소하는 손님들에
게 방 배정을 해주고 떼제에서 지켜야 할 규칙들과 일상생활
을 설명해 주는 일을 하고 있었다.

마당에서는 서로 다른 나라 젊은이들이 함께 청소를 하면서 떼제 노래를 흥얼거리며 까르르 웃기도 한다.

환갑이 넘어 보이는 노인들도 많이 왔다. 노인들은 봉사활동은 하지 않고 산책을 하든가 성당에서 조용히 머무는 시간들을 갖는다.

지금도 20대 청춘이라고 생각해 온 나는 젊은이들과 함께 숙소를 쓸 줄 알았는데 노인들이 머무는 방에 배정을 받았다. 불혹의 나이가 훌쩍 넘었는데도 아직도 이팔청춘인 줄 착각해 온 나 자신을 보고 깜짝 놀랐다. 내 인생도 어느새 세월의 무상함 속에 묻혀 가는구나 하는 생각에 쓸쓸하기까지 했다.

떼제 시설은 아주 열악했다. 작은 방에서 여섯 명이 2층 침대를 이용해 잠을 잔다. 만약 환갑이 넘은 분이 건강상 이유로 좋은 시설을 원하면 그때만 개인 방을 제공해 준다. 그 외에는 신분의 차이가 없다. 모두가 평등해서 좋다.

우리 방에는 나이든 프랑스 사람 한 명과 폴란드 사람 둘, 미국 사람, 그리고 문 신부와 내가 머물렀다. 프랑스에서 온 아저씨는 나이가 60은 넘어 보이는데 아직 장가도 안 간 총각이란다. 아주 순하게 생겼다. 나머지 친구들은 밖에서 무엇을 하는지 잠잘 때만 침실에 들어와서 별로 이야기할 기회가 없었다.

침실에는 세면대도 없고 샤워장, 화장실도 없다. 소변을 보려면 5분 정도 걸어가야 했다. 새벽에도 두 번이나 깨서 추위를 무릅쓰고 화장실에 다녀왔다. 샤워를 하고 싶어도 따듯한 물이 나오지 않는다.

식당은 야외에 천막을 쳐 놓았다. 그 추위에도 야외에서 식사를 했다. 식단으로는 으깬 감자와 과자, 빵 한 조각, 그리고 국물은 따듯한 수프도 아닌 찬 맹물이 전부였다. 하지만 놀랍게도 누구 하나 불평하는 사람 없이 감사히 진지하게 식사를 한다. 식사시간은 대침묵이다. 대침묵을 지키니까 불평을 하려해도 할 수가 없는지도 모르겠다. 아침식사는 더 기가 막혔다. 빵 한 조각에 차 한 잔이었다.

유럽인들이 못살아서 이런 불편한 시설과 환경을 잘 견디는 것은 아닐 것이다. 이들은 가난한 생활을 스스로 찾아왔다. 불편을 느끼기 위해서 그 먼 거리를 마다하지 않는다.

평창 생태마을은 떼제에 비하면 호텔이다. 각 방마다 세면대와 화장실과 샤워기까지 달려 있고 여름철에도 따듯한 물이 나온다. 그런데도 생태마을에 와서 통닭 찾고, 약간만 날씨가 끄물거리거나 여름에도 자다가 추우면 방에 불 넣어달라고 불평을 터뜨린다. 물질 만능이 판치는 한국 사회가 이제는 한 차원 높은 정신세계를 추구하는 문화로 바뀌어야 한다. 돈을 최고의 가치로만 여기다가 한국 사회는 큰 코 다칠 것이다.

열악한 시설에도 마음은 행복한 곳

떼제의 정신과 문화가 부럽다. 영적인 세계를 추구하는 사람들이 세계 각처에서 몰려오는 이유를 알 것 같다.

영국에서 온 할머니 한 분이 계속해서 나를 볼 때마다 추워 보인다고 하신다. 아마 내 몰골이 흥해서 더 추워 보였나 보다. 수염을 20일째 깎지 않아서 얼굴은 시꺼먼 수염으로 덮여 있는 데다 제대로 씻지 않아 모습이 초췌했다. 결정적으로 어젯밤 추위에 너무 떨어서 그런지 이탈리아에서부터 좋지 않던 몸이 떼제에 와서는 심한 감기까지 걸려 쓰러지기 일보 직전이었다. 여긴 정말 춥다. 어디 가서 하소연할 데도 없다. 그냥 고열을 견디는 수밖에 없었다.

점심때도 삶은 콩과 찐 보리와 빵 그리고 역시 찬물이 나왔다. 고춧가루 넣고 팍팍 끓인 콩나물 국물이라도 마셨으면 좋으련만……

이렇게 열악한 상황인데도 성당에 모여 수사님들과 함께 기도하는 시간만은 그렇게 행복할 수가 없었다. 기도는 하루에 세 번 한다. 아침기도, 낮기도, 저녁기도. 기도 때마다 성당에는 1천여 명이 모인다. 여름에는 3천 명까지 모이기도 한단다. 기도 시간은 찬양과 성서 봉독 그리고 침묵 시간으로 이루어진다.

떼제 공동체의 가장 큰 매력은 단순한 음으로 이루어진 성가에 있다. 한두 번 정도만 들으면 누구나 따라 부를 수 있는 성가를 열 번 정도 반복해서 부른다. 성가는 라틴어, 프랑스어, 영어, 독일어로 돌아가면서 부른다. 성서 봉독도 각국의 언어로 봉독한다. 중간에 한국어로도 한 번 복음이 낭독되었다. 떼

성당 안은 환한 빛 대신 상대방을 겨우 알아볼 정도의 옅은 조명으로 되어 있다.

제 기도의 특징은 강론이 없다. 성서 읽고 찬양하고 묵상하는 것이 전부다. 묵상 시간은 약 10분 정도인데 1천여 명이 다 함께 침묵으로 빠질 때 묘한 전율을 느꼈다.

바쁘게 돌아가는 도시 생활에서 해방되어 조용히 10분 정도 묵상하고 생각하는 시간은 축복의 순간이다. 이 고요함을 통해서 유명한 설교를 듣지 않아도 이곳에 모인 사람들은 하나같이 다 감동을 받는 것 같다. 사실 하느님 앞에서 말이 중요하지는 않다. 그저 하느님 앞에 머물러 있다는 사실 하나만으로도 충분하지 않은가!

성당 안은 환한 빛 대신 상대방을 겨우 알아볼 정도로 옅은 조명만 있다. 촛불로 꾸민 제대 부분은 침묵을 해야만 할 것 같은 분위기였다. 떼제 성당 안에 들어가면 들떴던 마음도 차분히 가라앉는다.

성당 안에는 혼자 기도하는 사람들이 많았다. 엎드려 기도하는 사람, 무릎 꿇고 기도하는 사람, 턱을 고이고 깊은 상념에 빠져 있는 사람들로 분위기는 한층 더 엄숙해진다. 성당 안은 성령의 활동하심으로 그 열기가 활활 타오르고 있었다.

인종과 종교를 초월한 일치와 우정의 세계

나이든 사람들은 오전에 묵상 나누기를 한다. 수사님 한 분이 바오로서간을 가지고 독일어, 프랑스어, 영어로 번갈아가면서 우리 노인들 모임의 묵상을 지도했다. 수사님이 독일어로 농담을 할 때는 독일 사람들만 웃고, 영어로 농담을 할 때는 영어권 사람들만 웃고, 프랑스어로 말할 때는 프랑스 사람들만 웃는다. 나는 아무 때도 웃지 않았다.

오후에는 세계 곳곳에서 모인 젊은이들이 축제를 하고 있는 큰 강당에 들어가 보았다. 스페인 젊은이들이 스페인어로 하면 봉사하는 젊은이가 영어와 프랑스어와 독일어로 동시통역을 한다. 인도네시아 젊은이들이 영어로 하니까 프랑스어와 독일어로 동시통역을 한다. 오전보다 쉬운 영어라 조금은 알아들을 수 있어서 앉아 있는 시간이 지루하지 않았다.

세계의 젊은이들이 대강당에 모여 자기 나라를 소개하고 전통음악을 노래하고 있다.

　인도네시아와 스페인에서 온 젊은이들이 자신들의 전통음악을 노래하고 자기 나라를 소개한다. 인도네시아 젊은이들이 자신들은 보르네오 섬에서 왔으며, 자기네 나라에는 언어가 300개가 넘는다고 한다. 영어를 술술 잘도 하는 인도네시아 젊은이들을 보면서 이들 또한 한국 젊은이들 못지 않게 열심히 공부한다는 사실을 떼제에 와서 새삼 깨달았다.

　동시통역을 하는 젊은이들이 언어라는 도구를 통해 인종과 종교를 초월해 모두를 일치와 우정의 세계로 안내하고 있었다. 신선한 영적 세계의 충만함에 취해 있으니 고열이 있는데도 행복했다.

공동묘지

떼제는 아주 자그마한 시골 동네다. 어렸을 때 돌담길 사이를 거닐던 느낌으로 마을 구경에 나섰다. 프랑스는 예술의 나라답게 시골집들도 질서정연하고 정갈하게 지어 놓았다. 골목길 모퉁이에 자리 잡은 성당이 참 아름다웠다.

돌로 지어진 자그마한 성당 안으로 들어가 보니 할머니 한 분이 무릎을 꿇고 묵주기도를 하고 있었다. 나도 무릎을 꿇고 잠깐 성체께 경배드리고 나와서 성당 마당을 돌아보았다. 마당에는 무덤들이 있고 새로 만든 무덤에는 꽃들이 잔뜩 놓여 있었다. 묘비명을 보니 로제 수사님 무덤이었다.

프랑스에 와서 생소한 문화 한 가지를 더 발견했다. 공동묘지다. 파리 시내 안에도 아주 큰 공동묘지가 두 개나 있다. 또 시골 동네를 지나다 보면 한가운데 자리 잡은 성당 마당에도 공동묘지가 있다. 성당이 아니면 동네 어귀에 공동묘지가 예쁘

로제 수사님이 묻혀 있는 성당 마당의 공동묘지. 시골 동네를 지나다 보면
마을 한복판에 자리한 성당이나 동네 어귀에 공동묘지가 예쁘게 단장되어 있다.

게 단장되어 있다.

　프랑스 사람들은 죽은 이들을 집 근처 가까이 묻어 놓고 출
퇴근길이나 세상을 떠난 이가 그리울 때 꽃 한 송이 들고 산책
삼아 묘를 찾는다. 동네 한가운데 공동묘지가 있다고 해서 집
값이 떨어진다거나 혐오시설이라고 시위하는 일도, 눈에 띄지
않는 산속 깊숙한 곳으로 몰아내는 일도 없다. 무덤을 집 가까
이 두고 있는 그리스도인들은 '묘지 참배는 덕의 대학에 다니
는 것과 같다.'라며 삶에서 죽음을 생각한다. 삶 안에서 죽음을
생각하는 가톨릭 신앙이 뿌리 깊게 자리 잡고 있다.

　가톨릭교회는 죽음을 깜깜한 어두움이나 고통의 세계 내지
는 단절의 세계로 생각하지 않는다. 죽음은 하느님 나라에 가

기 위한 다리일 뿐이다.

성인들을 기념하는 축일은 태어난 날이 아니라 돌아가신 날로 정한다. 죽는 날이 곧 천상 탄생일이기 때문이다. 죽음은 축복이요 새로운 삶으로 옮아가는 여정일 뿐이다. 내가 둘러본 성당 제대 아래에는 베드로, 마리아 고레티, 글라라 성인이 모셔져 있었다. 모든 성인들을 성당 제대 아래 모시는 이유가 시신은 더 이상 공포가 아니라 흠모의 대상이라는 의미이다.

죽음을 싫어하는 우리 문화

반면 우리나라는 죽음을 끔찍이도 싫어하는 문화이다. 장의사라는 직업은 천대받던 직업이다. 원래 장의사는 거룩하고 아름다운 직분이다. 엄밀히 따지자면 우리 신부들도 장의사다. 죽음을 준비해 주고 축복해 주고 장례미사를 봉헌하고 죽은 이들을 위해 기도해 주는 완벽한 장의사들이다.

우리나라는 사람이 죽으면 저승에 간다고 말한다. 많은 사람이 저승은 어둡고 춥고 고통스러운 장소라고 생각한다. 또 저승사자는 날개가 있고 해맑은 모습을 한 천사와 반대로 까만 옷에 핏기가 전혀 없는 얼굴을 한 무섭고 두려운 존재라고 믿는다. 미국 사람들 80퍼센트는 사람이 죽으면 하느님이 계신 하늘나라로 간다고 믿는 반면, 한국 사람들은 49퍼센트만 천국에 간다고 믿기 때문에 죽음은 최대한 피해야 할 적으로 본다.

동네 어귀에 자리 잡은 공동묘지.

　어차피 죽을 운명에 놓인 인간이라면 죽음과 마주할 줄 아는
방법을 배워야 한다. 어둠이 있기에 찬란한 아침 햇빛이 반갑
듯이 죽음이 있기에 우리의 삶이 더 소중하다. 죽음은 삶을 더
욱 소중하고 따뜻하게 바라볼 수 있도록 이끌어 주는 벗이다.

　한국 사람들은 죽으면 지옥에 간다는 쓸데없는 생각 때문에
집 주위에 무덤이 있는 것을 참 싫어한다. 결국 삶의 터전에서
멀리 떨어져 있는 산속에 묻어 버린다. 그리고 추석이나 설날
만 되면 멀리 있는 무덤을 찾아 성묘 다니느라 온 나라 교통이
마비될 지경이다.

　동네 입구에 공동묘지가 있다면 집에서 차례 지내고 가족들
이 함께 산책삼아 걸어서 성묘 다녀올 수 있으니 교통체증도

없고 좋을 텐데……. 조상님을 성당 지하실 납골당에 모셔놓고 미사 참례하는 길에 가서 기도하면 얼마나 좋을까.

땅덩어리도 좁은 한국은 머지않아 온 나라가 무덤으로 뒤덮일 판이다. 다행히 화장 문화가 발달하여 공간 활용이 훨씬 나아졌지만, 더 좋은 방법은 동네 성당이나 교회 또는 절 안에 화장한 유골만 담아 30년 정도 모셨다가 그 후에는 수목장(樹木葬)을 하여 흙에서 온 생명 흙으로 돌려보내는 것이 순리일 것이다.

서울 정동에 있는 성공회 주교좌성당 지하실 납골묘를 보면 깨끗하고 좋다. 납골묘는 가로세로 20센티미터 정도밖에 자리를 차지하지 않는다. 납골함 안에 돌아가신 분의 사진을 모셔 놓고 기도도 해주고, 평소에 좋아하던 과자나 사탕을 놓아두거나 가끔은 후손들의 자랑스러운 합격증서도 갖다 놓는 모습이 좋아 보였다.

우리나라 곳곳을 다니면서 온 산을 덮고 있는 공동묘지를 보면 복잡한 생각이 든다. 죽음을 그렇게 싫어하면서도 시신은 양지바르고 따뜻한 곳, 경치 좋은 데를 골라서 묻어 준다. 죽음으로부터 오는 을씨년스러움이 자신의 삶에 드리워지지 않게 하려는 생각에서 죽은 이를 따뜻한 곳에 묻어 주는 풍습도 생겼다.

한눈에 딱 봐도 명당자리에 자리 잡은 묘를 보면 '저 자리에

다 집터를 잡으면 참 좋겠다!' 라는 생각마저 든다. 죽은 이가 산 사람 살 땅을 차지하고 있다.

햇빛 잘 드는 동남쪽을 향해 10평, 20평씩 자리 잡고 있는 무덤을 보면 별 생각이 다 든다. 세상에 태어나서 무상으로 사용하면서 신세를 졌으면 그만이지 죽어서까지 좋은 땅 한 자락을 붙잡고 후손들에게 피해를 준다.

앞으로는 자손들이 돌보지 않는 이름 모를 무덤들이 수없이 나올 것이다. 성 필립보 생태마을 안에도 무덤이 10기(基)나 있는데 그 중에 4기(基)는 10년이 지나도록 아무도 찾아오지 않는다. 그래서 무덤 위에 소나무가 등걸을 이루고 있다.

사람의 시신은 땅에 묻은 지 15년만 지나면 흙으로 돌아간다고 한다.

어디 보자! 햇빛 잘 드는 곳을 차지한 무덤을 없애고 그 자리에 농작물을 심으면 잘될 텐데…….

개선문에 있는
위령 불꽃

추석 전야제 🎇

독일로 가기 위해 버스에 오르려는데, 바쁜 와중에도 떼제에
계신 수사님이 배웅을 나오셨다. 수사님은 문 신부와 나를 떠
나보내고 새롭게 찾아오는 방문객을 맞기 위해 총총 걸어가신
다. 이국땅에서 만나는 한국인은 언제나 반갑지만 떼제 공동체
안에 한국인 수사님이 계시다는 사실이 놀랍기도 하고 반갑기
도 했다.

떼제를 떠나기 전날 오후 성당에서 기도를 하고 나오다 만
난 한국 아가씨와 이런저런 이야기를 나누었다. 나이 서른에
제빵 공부를 하고 있다는 그녀는 교회에 다니고 1년에 한 번
떼제에 와서 마음을 다스리고 간단다. 수염을 기른 나에게 그
림을 그리는 화가냐고 묻는다. 강원도 산골에서 농사짓는 농사
꾼에게 얼토당토않은 높은 점수를 준다. 문 신부는 지저분하다

며 면도하라고 20일 동안 구박만 했는데 이 아가씨는 잘 어울린다고 말해 준다. 기분이 좋아진 나는 여러 나라 여행을 다녀봐도 한국 여자가 제일 예쁘다면서 아가씨도 아주 예쁘게 생겼다고 이야기해 주었다.

　도란도란 이야기를 하고 있는데 신 수사님이 나를 찾는 눈치였다. 서둘러 아가씨와 작별 인사를 하고 수사님에게 다가가니, 기침을 하면서 내일이 추석인데 문 신부와 나 그리고 한국에서 온 가족을 초대하고 싶다고 한다. 빵하고 물만 먹던 나는 귀가 번쩍 뜨였다.

이보다 더 좋을 수는 없다

　기다리던 저녁이 되어 수사님 방에 들어섰더니 내가 제일 좋아하는 '산울림'이라는 가곡이 흐르고 있었다.

　먼 산을 호젓이 바라보니 누군가 부르는 소리
　산 너머 노을에 젖는 네 눈가에 잊었던 목소린가
　산울림이 외로이 산 넘고 행여나 또 들릴 듯한 마음
　아~~~ 아~~~~ 산울림이 내 마음 울리네
　다가왔던 봉우리 물러가고 산 그림자 슬며시 다가오네

　산에 가면 즐겨 부르던 노래였다.
　한국 가곡을 들으니 추석이 만져지는 것 같았다. 식당에 들어서자마자 감동의 물결이었다. 식탁 위에 차려진 쌈장과 밥을 보니 눈물이 핑 돌았다. 나만 눈물이 핑 돈 것이 아니다. 일주일 동안 빵과 음료수만 먹었던 빈첸시오와 요셉, 그리고 오틸리아는 밥을 보고는 얼마나 좋았는지 각자 퍼 준 밥을 눈 깜짝할 사이에 비워 버렸다. 마음 좋은 문 신부는 자기 그릇에 있는 밥을 얼른 아이들에게 덜어 준다. 맛있게 먹고 있는 내 그릇의 밥까지 한마디 묻지도 않고 빼앗아 아이들에게 덜어 준다.

밥 한 숟가락과 마늘을 쌈장에 찍어 상추쌈을 싸서 먹으니 꿀맛이었다. 감기가 다 나을 것 같은 기분이었다. 쌈장이라야 고추장에 식초 조금 풀어 넣은 것인데도 수사님이 마술을 부려 놓았는지 그렇게 맛있을 수가 없었다. 신 수사님이 차려 준 떼제의 추석 전야제 상은 '이보다 더 좋을 수는 없다.'고 외칠 정도로 정이 물씬 묻어났다.

저녁을 먹으면서 이국땅에서 반갑게 맞아 준 수사님의 배려에 우리는 같은 민족이라는 큰 끈으로 단단히 묶여 있구나 하는 생각을 했다. 만민이 평등하다고 하지만 똑같은 언어를 쓰고 같은 공간에서 문화를 공유한다는 사실 하나만으로도 민족애를 느끼기에 충분하다.

그런데 요즘 그런 끈이 무너지는 것 같아서 안타깝다. 외국 여행을 다니다 보면 한국인들이 서로에게 친절하지 않다. 같은 호텔에 투숙한 한국인들을 만나면 반가워서 "어디서 왔어요? 재미있으세요? 즐거운 여행 되세요!" 정도의 인사는 할 수 있

누구나 앉아서 이야기 나눌 수 있는 떼제 공동체 만남의 장소.

어야 하는데 그렇지가 않다. 말을 건네면 남자 여자 할 것 없이 경계부터 한다. 말을 붙인 내가 무안한 적이 한두 번이 아니었다. 마치 만나서는 안 될 사람을 만난 듯 거리를 두면서 지나간다. 외국에서 한국 사람들끼리 만났을 때 "안녕하세요? 좋은 여행 되세요!"라고 말하면 몸에 닭살 돋을까!

수사님은 저녁식사를 마치고 손님이 오셨는지 서둘러 나가면서 다시 돌아올 때는 와인을 가져올 테니 문 신부와 나에게 기다려 달라고 한다. 이게 웬 떡인가 싶었다.

떼제에서는 술을 못 마시게 되어 있다. 그저 한 사람에게 맥주 한 잔 정도 팔지 더 이상은 주지 않는다. 술이 고프던 차에 수사님의 와인 초대는 추석 전야제의 꽃이었다.

우리는 와인을 마시면서 자정이 넘도록 세상 돌아가는 이야기, 떼제 공동체 이야기, 한국 정치 이야기를 하면서 추석 전야의 시간을 즐겼다.

떼제로 기도하러 온 독일 사람들을 태우고 프라이부르크로 향하던 차가 급브레이크를 밟으니까 어젯밤 수사님이 싸 주신 사과와 천도복숭아가 사방으로 때굴때굴 굴러 간다. 독일 사람들이 한바탕 웃으면서 사과와 천도복숭아를 주워 준다. 말은 통하지 않았지만 떼제에서 함께 보낸 우리는 하나가 되어 있었다.

시골 동네 입구에 공동묘지가 또 보인다. 끝없이 펼쳐진 포도밭이 시골 풍경을 더 정겹게 해준다. 아이들은 가을 들판 사이로 난 자전거 도로를 신나게 질주한다. 저 멀리 아가씨 둘이 근사한 승마복을 입고 한가롭게 승마를 즐기는 독일 풍경이 눈에 들어온다.

떼제 공동체의 성당 안에
장식된 여러 가지 이콘은
기도와 묵상에 도움을 준다.

4부

독일에서

대~한민국!
짝~짝~짝!짝!짝!

프랑스에서 독일로 향하던 버스는 두 시간을 달리다 지쳤는지 고속도로 휴게실에 들어섰다. 휴게실 정원에 잠깐 앉아 있는데 열여덟 살쯤 되어 보이는 독일 아이 하나가 말을 붙인다. "Are you Korean?(너 한국 사람이니?)" 하고 묻기에 한국인이라고 답했더니 이 친구가 자기는 한국을 잘 안다고 자랑한다. 서울에 와본 적이 있느냐고 물었더니, 간 적은 없지만 한국을 잘 안다고 흔들리지 않는 신념을 가지고 대답한다. 속으로 '한국에 와보지도 않은 친구가 어떻게 잘 안다고 이야기할 수 있느냐?'고 반문했다. 그런데 이 친구가 갑자기 "대~한민국! 짝~짝~짝!짝!짝!" 하고 정확한 발음과 박수를 치는 게 아닌가? 2002년 한·일 월드컵 때 깊은 인상을 받은 모양이다. '흠! 한국을 알기는 아는구나!' 스포츠 외교의 힘을 느낀다.

2002년 한·일 월드컵 개최 전만 해도 외국에 나가면 사람들이 "Are you Japanese?(너 일본 사람이니?)" 하고 물었는데 요즘은 그렇게 물어보는 사람이 별로 없고 "Are you Korean?(너 한국 사람이니?)" 하고 묻는다. 이번 유럽 여행 중에도 일본 사람이냐고 묻는 사람은 아무도 없었다. 모두가 한국 사람이냐고 물었다.

그런 면에서 박찬호, 추신수, 박지성, 박인비, 전인지는 존경받아야 하는 사람들이다. 서양인에 비해 체격 조건이 좋지 않으면서도 그들과 경쟁해서 두각을 드러냄으로써 한국을 해외에 알린 외교관들이다.

또한 좋은 물건을 만들어 우리나라의 위상을 해외에 드높이는 기업들이 있기에 "Are you Japanese?(너 일본 사람이니?)"라는 말을 안 듣는 것이다.

아직도 한국을 개 잡아먹는 나라, 남북으로 갈라진 나라, 6.25 전쟁을 치른 나라 정도로만 알고 있는 사람들도 많지만, 월드컵을 치른 뒤에는 우리나라 국격이 많이 상승했다.

세계 어느 공항을 가더라도 삼성이나 LG, 그리고 현대자동차의 광고판이 붙어 있다. 우리나라 브랜드의 상품 가치가 한껏 상승하고 있는 것을 느낀다.

그런데 이렇듯 상품만 파는 것이 아니라 외교관 역할까지 톡톡히 하는 기업들이 국내에서는 도둑놈 대접을 받거나 사기꾼 대접을 받는 경우가 종종 있다. 마음이 아프다. 사회가 통합이나 일치로 가기 위해서는 제대로 된 평가와 존경이 필요한

데 그렇지가 못하다. 사기꾼이나 도둑놈들은 일부일 뿐 기업에서 일하는 대부분 사원들은 이 나라를 먹여 살리고 빛내는 애국자들이다.

미국은 기업인들이 존경받는 문화가 있다. 반면에 한국은 돈 많은 사람들을 도둑놈으로 몰아세우려는 경향이 있다. 우리나라 기업인들도 불쌍하다. 정권마다 괴롭힘을 당하고, 정책마다 휘둘림을 당하고, 요즘은 노조에까지 시달리니 말이다. 그렇다고 결코 기업 편을 드는 건 아니다. 기업들도 돈을 벌었으면 세금으로, 사회복지기금으로 내놓아야 하는데 몇몇 기업 소유주 입으로 다 들어가면 나라는 반드시 망한다. 지금 한국 기업들은 세금을 더 내야 하고 직원들 임금을 더 올려주어야 한다. 결국 그 길이 대한민국도 살고 기업도 살 길이다.

외국인들이 우리나라 정치인들 이름은 몰라도 박지성이나 박세리 이름은 알고, 삼성이나 LG, 현대자동차는 알 것이다. 이탈리아 가정집에 가보면 무엇이 되었건 한국 전자제품 하나는 꼭 있다. 프랑스에서는 한국산 텔레비전이 판매 1위를 차지하고 있다. 다만 아쉬운 점은 전 재산 600억 달러를 사회복지 사업으로 기증한 빌 게이츠 같은 기업인들이 없다는 점이다.

타협과 양보가 필요한 시대

우리 사회는 흑(黑) 아니면 백(白)만 인정하고 회색을 인정하지 않는 병이 있다. 21세기는 회색도, 분홍이나 파랑색도 필요한 세상이다. 타협이 필요하고 양보가 필요한 시대이다.

'정치인은 다 도둑놈이며 거짓말쟁이, 기업인은 다 욕심보요 사기꾼, 운동가는 다 정의의 사도이고 노조는 착취만 당하는 약자'라고 인식해서는 안 된다. 훌륭한 정치인도 많고 훌륭한 기업인들도 많다. 또 노동운동 하는 사람들이 다 정의롭고 옳은 것은 아니다. 물론 정당한 노동의 대가를 요구하는 데모는 당연한 권리이지만 그렇다고 노동운동가들은 절대 오류를 범하지 않는 완벽히 정의로운 사람들이라는 고정관념은 벗어 버려야 한다.

우리나라 노조도 권력화되어 있어서 비리가 생길 수밖에 없다. 교회도 권력화되면 비리가 생기는데 이미 비대해질 대로 비대해진 노조라고 비리가 없으라는 법은 없다. 그러나 우리 사회에서는 노동운동 하는 사람들을 비난하고 지탄했다가는 부르주아로 치부받거나 정의롭지 못한 사람이라는 낙인이 찍힌다. 노조에 관한 한 언론도 정치인도 심지어는 종교인들까지도 너그럽다. 이제는 비대해진 노조에 너그러울 것이 아니라 노조도 결성하지 못하는 비정규직 사람들에게 너그러워야 하는 시대이다.

기업가나 노조원들이 본인들은 정의롭고 남들이 다 사기꾼이라는 고정관념을 가지고 있는 한 대화도 타협도 이끌어낼 수 없다. 현대 사회구조가 너무 복잡하여 어느 한 사람의 주장이 절대적으로 옳을 수는 없기 때문에 대화와 양보 그리고 타협이 필수적이다.

어쨌든 독일 젊은이 입에서 "대~한민국! 짝~짝~짝!짝! 짝!"이라는 구호를 들으니 기분이 좋았다.

독일에 들어서니 이탈리아와 프랑스보다도 산에 나무들이 훨씬 빽빽하게 들어서 있는 모습이 범상치 않다. 역시 잘사는 나라 티를 낸다. 산에 나무가 많은 나라는 잘사는 나라라는 공식은 정확하다.

멀리 보이는 산꼭대기에는 풍력 발전기가 돌아가고 있다. 드디어 환경의 도시 프라이부르크에 도착했다.

Enjoy Your Life!
(네 인생을 즐겨라!)

독일에서는 프라이부르크 대학에서 박사 과정을 공부 중인 박찬호 신부가 머물고 있는 프란체스코 수녀원에서 지내기로 했다.

독일은 프랑스나 이탈리아와 달리 깔끔하고 정리정돈이 잘 되어 있다. 프랑스나 이탈리아에서는 우리나라보다 잘산다거나 사회 기반시설이 더 낫다거나 하는 느낌이 없었지만, 독일에서는 우리나라보다 모든 면에서 잘산다는 느낌이 온 몸으로 확 느껴졌다.

수녀원 숙소도 이제까지 다녀본 곳 가운데 가장 훌륭하다. 잘 정돈된 침대와 옷장이 있고, 태양빛이 들어올 수 있도록 거실과 화장실에는 하늘로 유리 천장이 나 있었다.

하룻밤을 자고 아침에 수녀님들과 미사를 봉헌했다. 수녀님들이라기보다는 할머니들이다. 제일 나이 어린 수녀님이 예순

넷이고, 제일 나이 많은 수녀님은 여든네 살이라고 한다. 독일에서는 이제 더 이상 수녀원 지망생들이 없어서 할머니 수녀님밖에 없다.

젊은이들은 더 이상 하느님을 위해서, 하느님 나라를 위해서 자기 인생을 봉헌하려 하지 않는다.

'네 인생을 즐겨라!(Enjoy Your Life!)'

이 문장은 우리나라 어느 기업의 선전 문구일 뿐만 아니라 세계 어디를 가도 발견할 수 있는 광고문이다. 프랑스나 이탈리아 지하철 벽 낙서에서도 'Enjoy Your Life!(네 인생을 즐겨라!)'라는 글귀가 눈에 뜨인다. 듣기 좋고 보기 좋은 글귀이기도 하지만, 한편으로는 한이 맺힌 문장일 수도 있겠다 싶은 생각이 든다. 지난 수천 년 동안 대부분의 대중들은 자신의 인생을 즐길 수가 없었다.

20세기 위대한 문화인류학자이면서 신학자인 테이야르 드 샤르뎅 신부의 말에 의하면 신의 시대에는 신에게 눌려서, 왕정 시대에는 왕에게 눌려서, 봉건주의 시대에는 영주나 귀족에게 눌려서, 자본주의 시대에는 기업주에게 눌려서, 가부장적 사회에는 남자에게 눌려서 인생을 즐길 겨를이 없었단다. 또 지난 시대에는 노예제도가 있어서 인간으로서 최소한의 자유와 권리도 누리지 못한 채 인권을 유린당하면서 살아온 사람들이 부지기수였다.

그러나 프랑스혁명 이후 국민이 주인이 되는 민주주의 시대

여섯 분의 수녀님만 머물고 있는 프란체스코 수녀원.

가 열렸다. 21세기는 지난 어느 시대보다도 인간이면 누구나 자유와 평등을 보장받고 있다. 더 이상 억압이 없는 상황에서 '네 인생을 즐겨라!'는 외침은 당연한 것인지도 모르겠다.

눈에 보이지 않는 큰 행복

북미와 유럽 선진국, 그리고 아시아의 신흥 경제발전국가 국민들은 자가용을 소유하고 자신의 왕국을 가꾸면서 살아간다. 자가용으로 자유롭게 여행도 다니고 취미생활도 하면서 인생을 즐기고 산다. 우리나라 역시 토요일이면 어김없이 동해안으로 향하는 차들이 영동고속도로를 꽉 메우는 현상 또한 인생을 즐기는 한 단면이다.

교회에도 '네 인생을 즐겨라!'는 구호가 깊숙이 침투되어 있다. 독일에는 신학생이 단 한 명도 없는 교구가 생기고, 물론 젊은 수녀 지망생도 눈 씻고 찾아보려야 찾아볼 수가 없다. 수녀원에 들어가면 예쁜 옷도 입을 수 없고, 멋진 자가용도 몰 수 없고, 여행도 마음대로 할 수 없어 인생을 즐길 수가 없는데 누가 그 모든 자유를 포기하고 수녀원에 들어가겠는가?

수도원에 들어가면 세상적인 기쁨과 비교할 수 없이 훨씬 큰 행복을 얻을 수 있지만 그것은 눈에 보이지 않는 행복이다. 현대인들이 사제와 수도자의 삶을 살기에는 달콤한 유혹이 너무 많다. 얼마든지 인생을 즐길 수 있는데 왜 굳이 그 모든 것을 포기하고 눈에 보이지 않는 행복을 위해서, 남을 위해서 희생하는 사람이 되기를 선택하겠는가?

우리나라도 10년 안에 성소자(聖召者)가 급감할 것이다. 물질 사회 안에서 '네 인생을 즐겨라!'는 풍조는 가난한 삶을 사는 것이 미덕이 아니라, 더 많이 누리며 사는 것이 미덕이요 멋이라고 부추긴다. 친환경적 삶에 정반대되는 선전 문구가 바로 '네 인생을 즐겨라!'이다.

요즘 우리나라에서 인기 있는 광고 노래가 있다.

'아버지는 말하셨지 인생을 즐겨라!'

그런데 이 광고 노래가 다음과 같이 바뀌었다고 한다.

'아버지는 망하셨지 인생을 즐기다'

우리 사회도 인생을 즐기다가 망할지도 모른다는 걱정이 앞선다.

성 프란체스코.

환경도시 프라이부르크

　신문과 책을 통해서 독일 교육도시 프라이부르크(Freiburg)가 환경 정책의 선두주자임을 익히 알고 있었다. 프라이부르크에 와보니, 박 신부는 나를 위해 사흘 동안 프라이부르크 시 환경청을 다니면서 보고서를 하나 만들어 놓았다. 공부하기도 바쁠 텐데 사흘씩이나 다니면서 환경 안내책자를 구하여 각 기관에 있는 사람들과 약속까지 다 정해 놓았다.

　이번 여행을 통해서 좋은 형제 사제들이 옆에 있다는 사실에 하느님께 깊은 감사를 드렸다. 우리 신부들 사회를 운명공동체라고 부른다. 살아서 의지할 사람이 신부들이고, 죽어서 내 관을 들어 줄 사람도 신부들이다. 막연하게 사제공동체가 중요한지는 알았지만 객지에 나와 보니 더 실감이 난다. 20일 동안 나와 길동무 해준 문 신부는 물론이고 고태훈 신부, 김승부 신부, 박찬호 신부는 나를 따뜻하고 정성스럽게 대접해 주

프라이부르크 뒷산 곳곳에 설치되어 있는 풍력 발전기.

었다. 에밀 브리에르의 책에서 말하듯 '사제는 사제를 필요로
한다.' 는 말이 맞는가 보다.

　독일에서 만난 박찬호 신부는 조용하면서도 사려가 깊은 사
람이라는 생각을 했다.

내가 꿈꾸는 마을

　박 신부가 안내한 첫 번째 장소는 태양열로 이루어진 신도
시이다. 약 5만 평이나 되는 주택가는 태양빛으로 만든 전기를
이용하고 빗물을 재활용해서 화단에 물을 주는 환경 계획도시
이다. 신도시 안에는 2차선 도로 하나만이 뚫려 있다. 대중교통

은 전기로 가는 기차(트램)가 도시 한가운데를 지나갈 뿐이다. 사람들은 자전거로 이동한다. 심지어는 유모차도 엄마 자전거 뒤에 매달려서 다닌다. 신도시에서는 이산화탄소 배출을 무려 60퍼센트나 줄였다고 한다.

내가 꿈꾸는 마을이다. 외부에서 전선이 들어오지 않고 오로지 생태마을에서 생산된 자체 전기로만 도시를 움직이고 싶다.

두 번째로 성 베드로와 성 바오로 기념성당으로 안내했는데 더 흥분되었다. 성당 남쪽 벽면 전체에 태양광을 설치해서 전력을 생산하고 있었다. 성당 태양광 발전기에 대해 설명해 줄 할아버지가 독일 사람답게 정확히 약속시간 11시에 도착했다. 자부심으로 가득 찬 할아버지는 우리에게 설명하기 시작했다.

교구청과 본당이 돈을 내고 시의 지원을 받아 태양광 발전기를 설치했다고 한다. 하느님의 집에 왜 그런 시설을 설치하느냐는 비난도 있었지만, 본당 교우들은 이것이 바로 하느님이 창조하신 지구를 보존하는 일이라며 그런 비난을 일축해 버렸단다.

태양광 발전소는 1998년부터 공사를 시작해 2001년 완성되었다. 매달 2만 킬로와트의 전기를 생산해서 비싼 가격으로 팔고, 전력회사로부터는 화력 발전으로 생산된 값싼 전기를 사서 성당에 사용한다. 태양광 발전기에서 발생한 이익금은 페루의 어려운 본당에 지원한다고 한다. 지금까지 55만 유로(약 6억

성 베드로와 성 바오로 성당 남쪽 벽면 전체에 태양광을 설치하여 전력을 생산한다.

원)의 전기를 팔았다니 엄청난 액수이다.

우리나라도 태양광 발전기에서 생산하는 전기는 1킬로와트에 700원 정도의 고가로 한전에서 사 주고 있다. 일반 전기는 1킬로와트에 61원 정도 하니까 11배 정도 비싼 가격이다. 불행하게도 이명박 정부에서는 반값으로 떨어뜨려 신재생에너지 산업에 제동을 걸었다.

무공해 전기도 생산하고 어려운 나라에 도움도 주고, 1석 2조의 효과를 내고 있는 친환경적 본당이었다. 할아버지는 성당에서 축성하고 미사 봉헌하는 일만 사제가 하지 나머지 교회

생태마을에도 5킬로와트급 풍력발전기 11기와 20킬로와트급 태양광 발전기가 세워졌다.

일은 본인이 다 하신다고 자랑을 한다.

올 가을 생태마을에도 5킬로와트급 풍력 발전기 11기와 20킬로와트급 태양광 발전기가 세워진다. 하루 최소 생산 전력이 200킬로와트이고 최대 생산 전력은 1천 킬로와트이다. 축전이 가능해서 하루 이틀 바람이 불지 않거나 태양이 뜨지 않아도 전기 사용이 가능하다. 재생 가능한 풍력 발전기와 태양광 발전기는 열관리공단에서 3억 원을 지원받고 생태마을에서 1억 5천만 원을 출원하여 설치할 것이다. 독일에 와서 보니 우리 계획이 자랑스럽고 뿌듯했다.

생태교육 기관에서 초등학생들이 환경 교육을 받고 있다.

세 번째로 안내한 곳은 생태교육기관(Okostation)이었다.

현재 40만 명의 회원이 있고 그 중 20만 명이 활동회원이라
고 실무자가 설명했다. 자신들이 교육하는 집도 모두 재활용
재료로 지은 것이라고 한다. 지붕은 흑림에서 가져온 나무이
고, 창문은 허무는 집에서 뜯어온 것이고, 벽체는 흙을 초벌구
이해서 지은 것이란다. 재정은 시에서 지원받고 나머지는 후원
비로 충당한다고 했다.

설명이 끝나고 우리를 생태공원으로 안내했는데 일반 학교
아이들이 교육을 받으러 와 있었다. 우리나라 아이들처럼 교육

중에 장난치는 아이들도 있었지만 모두 활기차고 행복해 보였다. 약초와 꽃도 심어 놓고 벌통도 만들어 놓은 조그만 생태공원은 아이들 교육 장소로는 안성맞춤이었다.

교육받고 싶은 내용을 학생들이 투표로 결정한다고 하니 획일적이고 암기 위주 교육이 아니라 학생들이 자발적으로 교과과정을 선택할 수 있다는 데 마음이 끌렸다.

한국에 들어가서 이곳보다 더 예쁜 생태공원을 만들어야 하겠다는 결심이 불끈 솟아올랐다. 캐나다의 OUT DOOR라는 환경 교육시설을 시찰했을 때도 같은 감명을 받았다. 우리나라도 더 많은 환경 교육시설이 생겨났으면 좋겠다.

네 번째로 안내한 곳은 프라이부르크의 뒷산에 있는 대형 풍력 발전기였다.

뒷산이라고는 하지만 1천 미터가 넘는 산이다. 산꼭대기에 올라가 보니 우리가 도착한 곳뿐만 아니라 멀리 펼쳐진 산 정상 곳곳에 풍력 발전기가 눈에 들어왔다. 환경도시라는 이름에 걸맞은 시설들이었다. 동쪽으로 이어지는 끝없이 펼쳐진 흑림지대는 독일인들이 국토를 얼마나 효율적으로 관리하고 있는지 알 수 있는 장관이었다.

다섯 번째로 안내한 곳은 도심 한가운데를 흐르는 인공 시냇물이었다. 폭이 50센티미터도 안 되는 시냇물이 폭염으로 지

저가 비행기

독일 여행 일정을 마쳤으니, 이제는 로마로 돌아가서 문 신부와 작별을 하고 레오나르도 다 빈치 공항에서 비행기 타고 한국으로 가는 일만 남았다.

여행 경비도 다 떨어지고 해서 독일 바덴바덴에서 로마로 가는 교통편은 초저가 비행기 편으로 정했다.

바덴바덴 외곽에 새로운 공항 건물이 들어서서 비행장이 한층 더 근사했다. 새로 생긴 공항이라 그런지 비상 훈련을 자주 했는데 사람들이 그때마다 놀란다.

우리가 타는 비행기는 라이언 에어였다. 버스를 타고 비행기 있는 곳으로 갔는데 버스에서 내리자마자 사람들이 비행기 쪽으로 막 뛰어갔다. 나는 생각했다. '독일 사람들도 저렇게 서두를 때가 있구나!'

나와 문 신부도 덩달아 무작정 뛰었다. 그런데 비행기 표를 아무리 들여다보아도 좌석으로 보이는 번호가 없었다. 여승무원에게 물어보니 웃으면서 답하는 그녀 말이 기가 막혔다.

"아무 데나 앉으세요!"

좌석 번호가 없는 비행기였다. 이 비행기는 저가 비행기라 빨리 타는 대로 좋은 자리에 앉을 수 있었다. 그제야 아까 사람들이 뛴 이유를 알 것 같았다. 아무리 싼 비행기라도 그렇지 좌석이 없는 비행기는 처음 타 본다.

비행기 안에 있는 사람들은 아주 유쾌해 보였다. 기내 방송을 하는 기장도 마치 관광지에서 관광버스 안내하는 사람처럼 즐거운 목소리로 방송을 한다.

기내에서 글을 쓰려고 좌석 앞 탁자를 내리고 보니 일주일은 안 닦았는지 커피 흘린 자국이 선명했다. 고가 비행기라면 항의라도 해보았을 텐데 워낙 싼 비행기니까 아무렇지도 않게 받아들여진다. 떼제에서도 불편함이 신선한 경험으로 받아들여졌듯이 라이언 비행기 안에서도 그랬다.

사실 무엇이든지 기대했던 상상에 미치지 못할 때 실망이 크지, 처음부터 고생할 마음먹고 있었다면 상황이 아무리 나빠도 견디는 힘이 생기는 법이다. 결혼생활도 힘들고 비참하고 어려운 일이 수도 없이 생길 거라고 처음부터 알고 시작한다면 결코 실패하는 일이 없을 텐데 젊은이들은 환상을 가지고 결혼한다. 내가 생각했던 결혼생활은 이게 아닌데 하는 생각에 실망하고 분노하고 실패한다.

50분 비행하고 15만 원이나 요금을 내야 하는 제주도 비행에 비하면 독일에서 로마까지 두 시간을 타고 가는 데 8만 원이면 아주 착한 가격이지 하고 생각하니 마음이 정말 편안했다.

앞좌석 옆으로는 껌들이 잔뜩 붙어 있다. 의자 좌석도 한국 비행기는 고급 천으로 되어 있는데 여기 좌석 소재는 인조가죽 덮개이고 등받이도 아주 진한 노란색이다. 돈 안 들이고 청소 편안하게 하기 위한 방도일 것이다. 이렇게 싼 비행기가 있어야 가난한 사람들도 여행을 할 수 있지 않을까 하는 생각도 든다.

싼 비행기라고 해서 어느 누구 하나 어두운 표정을 짓는 이가 없고 오히려 비행기 안이 더 화기애애하고 생기가 넘치는 것 같다. 앞좌석 아가씨들은 박장대소를 하면서 깔깔거린다.

승무원도 작업복 같은 것을 입고 돌아다닌다. 기내에서 음료수를 제공하거나 신문을 주는 일은 없다. 다 사서 봐야 하고 돈 주고 마셔야 한다. 음료수를 사 먹는 사람도 없었고 신문을 돈 주고 사서 보는 사람은 더 없었다. 물론 우리도 아무 것도 사지 않고 그냥 앉아만 있었다.

시간이 갈수록 비행기 안에 진풍경이 펼쳐진다. 누가 짐 안에 국물을 넣어 놓았는지 앞좌석에서 국물이 흐른다. 중국 사람 짐이다. 좌석 앞에는 책이나 물건을 넣는 망도 없다.

라이언 비행사는 철저한 초저가 비행기인가 보다.

너무 싼 비행기를 탔다고 생각한 문 신부는 불안한지 그리스에서 얼마 전 비행기가 추락한 이야기며, 비행기가 안 뜨면 우리가 내려서 밀어야 하는 것 아니냐며 주절거리고 있다. 비행기는 생각했던 것보다 훨씬 안전하게 이륙하였고 이제 로마로 향하고 있다.

젊은이들이여, 두려워 말고 여행을 떠나라

유럽은 마음만 먹으면 얼마든지 경비를 줄이며 여행할 수 있는 곳이다. 모르긴 해도 30일 동안 500~600만 원 정도면 충분히 다닐 수 있을 것 같다. 한국 젊은이들이여, 두려워하지 말고 배낭여행을 시도해 보라! 나같이 기숙사를 이용할 수 있다면 경비 절감이 더 많이 되겠지만 그렇지 않더라도 야간열차를 타고 다니면 된다. 음식은 빵으로 해결해도 되고, 나머지는 걸어다니고 지하철 타면 그리 많은 돈이 들지 않을 것이다. 유로스타(유럽 횡단열차)도 3개월 전에 미리 인터넷으로 예약하면 굉장히 싼 값으로 표를 살 수 있다.

비행기 창문 아래로 내려다보이는 알프스 산 만년설이 다시 한 번 눈에 들어온다. 눈이 녹아 막 넘치려는 호수를 보면서 아랫동네에 사는 사람들이 걱정됐다.

로마에 들어서니 또 번개가 치면서 소나기를 뱉어 내고 있다. 로마에 도착하기 전 기장이 영어로 멋들어지게 기내 방송을 하였다.

"드디어 로~~~~~~~마에 도착했습니다. 그동안 담배를 피우고 싶으셨던 분들은 비행기에서 내리면 바로 담배를 피우실 수 있습니다! 안녕히 가십시오!"

비행기에서 내릴 때는 연결 통로를 비행기에 대지도 않았고 셔틀버스가 오지도 않았다. 우리 스스로 비행장을 가로질러서 공항까지 걸어가야 했다. 걸어가면서 담배를 피울 수 있었던 것이다.

특별하고 즐거운 비행이었다.

드디어 로~~~~~~~마에 왔다.

살기 좋은 조국으로 🌼

22일간 객지를 떠돌아다녔더니 감기몸살이 심하게 걸렸다. 평창 토담집이 그립다. 아궁이에 참나무로 불을 잔뜩 지피고 뜨끈한 아랫목에서 한숨 푹 자고 나면 거뜬히 일어날 것 같은데 이곳은 어딜 봐도 침대뿐이다.

나는 여행할 때마다 몸살을 앓아 고생하면서도 몸이 회복되고 고생했던 기억이 사라지면 또다시 보따리를 싼다.

어렸을 때 어머니는 내게 못 돌아다니다 죽은 귀신이 붙었느냐며 싸리 빗자루로 매를 많이 드셨다. 어머니 말씀으로는 내가 걸음마를 하게 된 다음부터 집에 붙어 있어 본 적이 없단다.

어린 시절 어머니의 중요한 일과는 나를 찾으러 다니는 일이었다. 초등학교 시절에도 해 떨어지기 전에 집에 들어간 적이 없어서 일 끝나고 집에 돌아오신 어머니는 온 동네를 헤매

며 내 이름을 부르셨다.

"창연아! 창연아!"

내가 동네 어귀에 들어서면 아주머니들이 "창연아! 어디 갔다 왔냐? 네 엄마가 너 잡히기만 하면 그냥 놔두지 않겠다며 동네를 한번 휩쓸고 가셨다." 하고 귀띔을 해주었다.

초등학교 2학년 때 비님이 오는 날 어딘가를 돌아다니다가 밤 늦게 불이 다 꺼진 집에 돌아와 방문을 사르륵 여는데 온 집안 식구가 이구동성으로 "나가!" 소리를 질렀다. 안 그래도 나에게 "너는 다리 밑에서 주워 와서 집에 안 들어오고 돌아다니는 것"이라고 구박이 심했던 차에 "나가!"라는 소리를 들으니 잘됐다 싶은 생각이 들어 그랬는지, 집을 나가서 개울가 다

리가 보이는 집 처마 밑에 들어가 자리를 잡았다.

　그때는 서러움보다는 비님이 주룩주룩 처마 끝으로 떨어지는 것이 그렇게 다정다감하게 느껴졌다. 방보다 훨씬 편안했다. 한 시간 정도 지나니까 온 집안 식구가 "창연아! 창연아!" 부르는 소리가 들렸다. '그러면 그렇지!' 속으로 쾌재를 부르며 자는 척하고 있으니까 아버지가 나를 품에 안고 집으로 데리고 들어가셨던 일도 있었다.

　그렇게 무작정 돌아다니던 초등학교 시절이 지나 중학생이 되니까 돌아다니는 병은 더 심해졌다. 그런데 어머니는 더 이상 나를 찾아다니지 않으셨다. 아마 나를 성숙한 청년으로 생각한 건지 아니면 지쳐서 포기하신 건지 지금도 모르겠다.

객지를 떠돌아 다녔더니 평창 토담집이 그립다.
아궁이에 참나무로 불을 지피고 뜨끈한 아랫목에서 푹 쉬고 싶다.

신학교에 들어가서 한 학기를 마치고 방학 때 집으로 돌아왔는데, 그 당시 하느님을 믿지 않았던 어머니의 말씀이 잊혀지지가 않는다.

"하느님이 계시긴 계신가 보다. 네가 안 돌아다니고 교도소 같은 기숙사에서 4개월을 사는 걸 보니⋯⋯."

아마도 어머니는 내가 기숙사에 매여서 4개월 동안을 살 수 없을 거라고 생각하셨던 모양이다.

여행은 즐거운 작업이다. 새로운 세상을 볼 때 내 생명이 확

장되는 느낌이다. 우주라는 공간에 생명체로 태어나서 보고 느끼고 감동할 수 있는 사실은 은총이다. 지구 구석구석을 돌아다녀 보면 무릎을 탁 치며 "오묘하신 하느님은 찬미받으소서!" 찬양이 입에서 저절로 흘러나온다.

하느님께서 만드신 이 아름다운 별 지구에 아직도 목마르다. 이제 아프리카를 꿈꾼다. 다음은 아프리카다.

비행기는 가을 김장배추가 무럭무럭 자라고 있을 평창을 향해 동쪽으로 동쪽으로 날아가고 있다.

여행을 할 때면 긴 비행 시간 동안 공책에 여러 가지 느낌을 적는 버릇이 있다. 여행 소감이 한 권 두 권 쌓였지만 책으로 낸다는 생각을 하지 못했다. 이번 유럽 여행기는 두 눈 딱 감고 책으로 내기로 마음먹었다. 그래야만 나의 글쓰기가 성장할 것 같았다. 이 책을 계기로 더 성숙한 수필가로 거듭났으면 좋겠다.

이 책은 유럽 여행 기행문을 남기려는 것이 목적은 아니다. 평소 내가 보고 느낀 일상의 생각들을 이번 여행을 통해서 드러낸 것뿐이다. 이 책을 읽는 분들이 대부분 여행 중 한 번쯤은 생각해 봤음직한 평범한 내용들일게다. 유럽 여행 중 20일 내내 길동무가 되어 준 문희종 신부에게 감사를 드린다.

－ 첫 수필집 「농사꾼 신부 유럽에 가다」 중에서

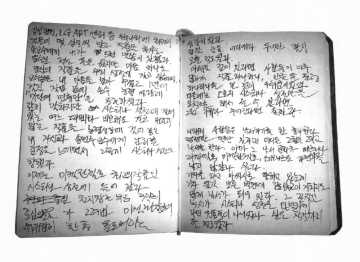

여행은 즐거운 일이다.
새로운 세상을 볼 때
내 생명이 확장되는 느낌이다.
우주라는 공간에 생명체로 태어나서
보고 느끼고 감동할 수 있는
사실은 은총이다.
지구 구석구석을 돌아다녀 보면
무릎을 탁 치며
"오묘하신 하느님은 찬미받으소서!"
찬양이 입에서 저절로 흘러나온다.